Buenos días, Sarajevo

ABEL FERNÁNDEZ-LARREA
Buenos días, Sarajevo

Atardecer sobre el Puente Latino

—Puedes quedarte esta noche conmigo. Entraremos por el jardín, sin que las monjitas nos vean. Te encerrarás en mi habitación mientras yo invento alguna excusa para subir una parte de mi cena.

Él la miró brevemente, evitando el contacto prolongado con sus ojos. Ella, tan rubia, con esos ojos de muñeca y la naturalidad de una mujer joven; ella se atrevía a proponerle compartir su celda, una celda de paso, en un convento católico.

Hasta esta tarde no se habían visto jamás. Quizá se habían imaginado, se habían esperado, habían escrito sus nombres hipotéticos en un doblez de cuaderno. Pero jamás antes de esta tarde se habían hallado tan próximos como ahora sobre el Puente Latino, entre una ciudad en ruinas y las ruinas de una ciudad.

Él había venido caminando desde el lado luminoso, desde la orilla del Miljacka donde los nuevos rascacielos sepultan las ruinas de una guerra pasada. Había salido del pabellón donde se presentaba su primera novela, tras una breve lectura y los autógrafos de rigor. Luego, sin rumbo, había transitado por la ribera hasta llegar a un puente cuyo nombre le resultó apropiado para hacer un alto y encender un cigarro mirando al río.

Había llegado la noche anterior, desde Belgrado, su ciudad, a esta otra ciudad ruinosa, la «Jerusalén de los Balcanes». No había sitio mejor para que un serbio de origen hebreo presentara su primera novela, ni siquiera la auténtica Jerusalén.

Ella había llegado cuando él ya terminaba su cigarro. En otro momento quizá habría sido tan sólo una chica bonita, paseando por el Puente Latino, pero ahora ella venía de la ciudad vieja, con la luz del atardecer y el polvo de los viejos edificios en el rostro.

–No tire la colilla al río –le había dicho, interrumpiendo el gesto involuntario.

Él entonces se había volteado a verla, a ver de dónde salía esa voz joven con acento de otra parte.

–Usted no es de por aquí –le había dicho él intentando entablar un diálogo frugal.

–Usted tampoco –había respondido ella en reconocimiento mutuo.

–Tiene razón, soy de Belgrado.

–Y yo de Zagreb.

Rieron. Dos enemigos en medio de un puente, en medio de una ciudad reconstruida, que oculta tras la gasa unas heridas viejas y profundas. El sol no acababa de ponerse aún tras el Bjelašnica. El pelo a ella le resplandecía bajo la luz menguante, y eso era también su risa, croata, joven, cristalina. En otro tiempo hubieran sido dos enemigos a mitad de un puente. Ahora eran tan sólo un hombre y una mujer en una ciudad extraña.

La celda era pequeña y limpia, tal como él hubiera imaginado una celda en un convento católico. Habían llegado en el momento en que las campanadas que llamaban a la cena dejaban de repicar, y los dos habían aprovechado los pasillos desiertos para colarse sin ser vistos.

A él todo esto le resultaba nuevo y tentador, un sacrilegio jamás imaginado.

Allí estaba, serbio, judío no practicante pero aún judío, varón con las hormonas en flor, en la pequeña celda de un convento católico, la celda de paso de una mujer croata, atea y aun así católica, joven y dispuesta. Sólo faltaba profanar la carne, bajo la mirada vigilante de la virgen madre de dios.

—Puedes ducharte si quieres —dijo ella señalando el cuarto de baño contiguo—. O revisar la música, las películas, en fin. Yo iré abajo a por la cena.

Él asintió, oteándolo todo: el pequeño cuarto de baño cerrado, con la ropa interior de ella colgando del pomo de la puerta; la pequeña cama, muy estrecha, apenas para una persona; la mesa junto a la pared, el laptop abierto a los mirones; la imagen de la virgen sobre la cama y la pequeña ventana desde la que podía verse el río.

Ella abandonó la celda y él decidió que era mejor darse una ducha: un acto de purificación.

Con cierto pudor movió el pomo de la puerta del baño, sin atreverse a tocar las bragas blancas. Se desnudó sentado sobre la taza. La ropa la dejó en el piso, en un bulto desordenado, y entró a la ducha. El agua le golpeó la frente, y una nube de vapor le envolvió el cuerpo. Se enjabonó despacio, como siguiendo un ritual. Por el tragante desaparecían las células muertas y los sentimientos de culpa. La tarde y el verano se apagaban en el jardín bajo la ventana.

Cerró la llave del agua y agarró una toalla amarilla que colgaba de una percha. La única toalla visible. Su toalla. En el centro de la tela, el bordado exhibía las siglas del ministerio de sanidad: recuerdo de otros tiempos y de un país federado que hacía años había dejado de existir. Se secó tratando de esquivar el centro de la tela. Era su toalla, la toalla de una mujer joven en la celda de un convento.

Salió del baño vestido, pero por alguna razón no se decidió a ponerse los zapatos. Recorrió la celda con los pies desnudos, sintiendo el suelo frío bajo las plantas. Dejó los zapatos junto a la cama y fue a sentarse junto a la pequeña mesa. Encendió el laptop.

Ella había dicho que podía revisar la música y las películas. Las películas: eso era más interesante que la música, saber qué películas ve una mujer joven y hermosa, croata y católica. Una carpeta llamada «cine», ahí le había dicho ella que estaban. Presionó el botón izquierdo del ratón y ante sus ojos se desplegó un arbusto de carpetas. Abbas Kiarostami, David Lynch, Emir Kusturica, Kim Ki-Duk, Nikita Mijalkov. Abrió la carpeta con el nombre de Mijalkov. Allí estaba, la película que había estado buscando, un recuerdo de otro tiempo: *Cinco atardeceres*.

Las voces eran las originales, y los subtítulos estaban en caracteres latinos, en dialecto croata. Él aún podía comprender el ruso, así que se abstrajo de la traducción y comenzó a ver la película. Un hombre y una mujer en una habitación pequeña. La mujer sale y luego regresa con una tarta quemada, se queja de los vecinos y llora. El hombre dice que va a salir a por otra tarta y cigarros, y ya nunca regresa.

Ella tocó a la puerta, con golpes ligeros. Él abrió y allí estaban otra vez el pelo rubio, los ojos de muñeca, la sonrisa croata. En las manos llevaba una bandeja con un plato de sopa y otro de papas y carne.

—Les dije que no tenía hambre, que era muy temprano para la cena —comentó ella con aire victorioso—. En parte es verdad, así que me creyeron.

Dejó la bandeja sobre la mesita, junto al laptop abierto.

—Come lo que quieras, yo en verdad no tengo hambre. Voy a darme una ducha para quitarme el polvo de la ciudad vieja.

El largo pelo rubio desapareció dentro del baño contiguo. Las bragas blancas aún colgaban del pomo de la puerta.

Él acercó la bandeja. Tomó la cuchara y comenzó a comer la sopa. Un gusto viejo, de otro tiempo. El sabor de la pimienta y los fideos se le mezcló en el paladar con una sensación de nostalgia ya olvidada. Vació el plato de sopa y continuó con las papas y la carne, pero ya el hambre había desaparecido. Apartó el plato aún con algunas papas y continuó viendo la película. El hombre tocaba a la puerta de un apartamento en un piso colectivo. Una mujer con ruleros y bata de dormir respondía del otro lado, desconfiada. Al fin la mujer dejaba pasar al hombre y eran otra vez un hombre y una mujer en una habitación pequeña.

Ella salió del baño. El vapor de la ducha caliente se derramó por la celda. Abrió la ventana.

–Ahora hace calor –dijo volviéndose hacia él–. ¿Qué ves?

–*Cinco atardeceres*, de Nikita Mijalkov.

–No la he visto aún. ¿Es buena?

Él no respondió. No sabía si la película realmente era buena o si sólo le gustaba por recordarle otros tiempos. Hizo un gesto ambiguo de asentimiento. Ella vio el plato, con tres papas intactas.

–No terminaste de comer –cortó un trozo de papa y lo pinchó con el tenedor. Él la miró meterse el trozo de papa en la boca y saborearlo. Ese gesto le devolvió el apetito.

–Antes había comido un poco –se excusó, mientras con el cuchillo trincaba el pedazo de papa que ella había dejado sobre el plato.

Juntos terminaron de dividirse los restos de la cena. Sonreían. En otra época sus familias no se habrían repartido unos restos de forma tan alegre y equitativa. Ante la vista del plato vacío a él le dieron ganas de fumar, pero no quiso violar el espacio de la celda, y de pronto se sintió acorralado, recluso en un convento. No podía salir afuera sin ser visto. Tampoco tenía ánimo para salir. Se puso de pie y caminó hasta la ventana. Afuera el río apenas era una serpiente oscura que reflejaba las luces de una ciudad despierta. Se dejó caer sobre la cama pequeña. Ella avanzó hacia él. Una naturalidad extraña inundaba el reducido espacio de la celda. Una naturalidad que a ratos llegaba a ser incómoda.

¿De qué pueden hablar dos desconocidos, que no sean puras trivialidades? ¿Qué pueden decirse que sostenga, que construya un diálogo, que los libre de golpe de seguir siendo dos desconocidos? ¿Qué pueden comentar un hombre y una mujer que se ven por primera vez y por azar en medio de un puente, en medio de una ciudad que ha sepultado sus ruinas bajo un maquillaje de rascacielos impostado y ridículo? ¿Pueden hablar quizá de las falsas luces, del decorado absurdo, del glamour artificial? ¿O acaso pueden hablar de ruinas, de recuerdos, de manchas invisibles y polvo invisible y aún así ubicuo e inmanente?

Ella estudiaba filosofía en la Universidad de Zagreb. Había tomado un curso de verano sobre filosofía de la religión, y había decidido, al terminar el curso, pasarse unos días en la «Jerusalén de los Balcanes», un lugar a la vez familiar y extraño, donde templos de todos los credos compartían espacio en un mismo vecindario. Desde su llegada entonces no hacía más que pasearse por la ciudad vieja, viendo iglesias, sinagogas y mezquitas. Para completar la experiencia se había alojado en un convento católico que ofrecía hospedaje en sus celdas vacías.

Él le dijo que era escritor y que a veces daba cursos de literatura en Belgrado. Ella quiso saber todo de su novela y él le prometió un ejemplar autografiado a cambio de empezar a tutearse. Brindaron con una botella de vino que él había comprado y que ofreció para sellar la nueva amistad. No quería regresar al hotel, no quería regresar a Belgrado. Quería cavar bajo los rascacielos de la ciudad nueva, desenterrar las ruinas, exponer al sol las huellas de una guerra antigua. Ella lo miraba, bebía del pico de la botella, reía y le decía que lo ayudaría a cavar, que le molestaba todo ese afeite que cubría la mueca de una ciudad decrépita. Vaciaron la botella antes que se pusiera el sol.

Apagó la luz. Él la sintió desnudarse en la penumbra y luego recostarse a su lado entre su propio cuerpo y la pared. Renuente por pudor a seguir el ejemplo de ella, él se acostó vestido, con los pies exhibiendo su única desnudez. Estuvieron un rato en silencio. Él sentía el cuerpo de ella respirar y temblar a su costado. El almuecín llamaba a la última oración del día desde algún minarete más allá de la ventana.

—Buenas noches —dijo ella y se volvió de cara a la pared.

El corazón le latía de prisa. A través de su propia ropa podía intuir la espalda desnuda de ella, su cuerpo joven y hermoso en el espacio estrecho que él dejaba en la cama. De pronto sintió unos golpes a la puerta. Ella no hizo ademán de levantarse. Los golpes continuaron, irregulares. No era nadie en el pasillo, pensó, sólo el viento que se colaba por la ventana entreabierta y hacía batir la madera contra el marco.

El cansancio del día hubiera bastado para hacerlo caer rendido, pero su corazón repiqueteando, la espalda desnuda de ella y el viento agitando la puerta, presa por el cerrojo, no lo dejaban abandonarse al sueño. Los golpes a la puerta comenzaron a hacerse más violentos. ¿Y si en verdad había alguien al otro lado? ¿Y si las monjas habían descubierto su presencia? ¿Y si era dios, furioso con su intrusión sacrílega? Pensó en rezar, pero no sabía cómo. Entonces ella se volvió hacia él y lo abrazó. Parecía moverse en sueños, aunque una parte de él quería creer que no estaba dormida. Los golpes a la puerta eran un trueno en medio de las sombras.

Una casa en el desierto

—Si no te apuras llegaremos tarde a la inauguración.

Miroslava tenía el ceño fruncido, los ojos tan azules en una especie de rabia contenida. Llevaba el vestido azul, que tan bien combinaba con sus ojos, y lo miraba desde el sillón, con impaciencia, mientras él no dejaba de teclear, en calzoncillos frente a la computadora.

—Siempre haces lo mismo. ¿Para qué me dices luego que quieres ir?

—¡Ya va! ¡Ya va!

Encendió un cigarro. Esto era lo que faltaba para que Miroslava terminara de explotar. Lo miró, incrédula, y se puso de pie de un brinco.

—¡Y ahora vas a fumar! ¡Es el colmo!

—Es sólo un cigarro —respondió él manteniendo la calma—, para terminar la página.

Miroslava caminó de un lado a otro, inquieta. De pronto se detuvo, como pensando. Agarró su bolso e hizo amago de marcharse. Él dejó la pantalla y la miró. No era más que una amenaza, como siempre. Sin embargo, él temía que un día la amenaza dejara de serlo.

—¿Acaso no puedes esperar cinco minutos?

—Sabes que no soporto llegar tarde —dijo ella volviendo al sofá.

La exposición fotográfica era cerca del puerto, en un sitio de moda para las élites artísticas de Belgrado. Miroslava conocía al fotógrafo, varias veces él mismo la había retratado desnuda, y de estas fotografías ella estaba más orgullosa que de su propio cuerpo. Él también conocía al artista, lo había conocido un tiempo atrás por medio de Miroslava. Sin embargo, no tenían lo que se puede llamar una amistad. El fotógrafo era amigo de ella, por más que ambos fueran juntos a su casa a tomar el té y hablar de novedades en el decadente y bohemio mundo del arte. En estas conversaciones él participaba poco, no porque no tuviera nada que decir, sino porque sus opiniones se las reservaba, y el fotógrafo no dejaba demasiado lugar para comentarios fuera de su propio discurso, más político que puramente artístico. Miroslava sí se explayaba a sus anchas con su amigo, y en esas ocasiones él se sentía aún más fuera de lugar. Decía ser escritor, pero jamás había publicado nada, y sentía que el fotógrafo, con varias exposiciones personales en galerías de moda y unos cuantos premios nacionales, lo miraba por encima del hombro.

Llegaron cuando la exposición acababa de empezar. Él la miró con gesto de «¿Ves que no hacía falta tanta prisa?». Ella se limitó a devolverle una mirada indiferente. Entraron a la galería repleta de gente ávida de arte y bebidas gratis. Miroslava divisó al artista entre la multitud y enseguida le lanzó un grito mientras atravesaba la masa de espectadores. Él se quedó atrás, intentando ver las fotografías mientras los asistentes se peleaban por alcanzar primeros las bandejas.

Salieron de la exposición caminando en silencio por la Gavrilovica. El Danubio discurría en una calma gris plomo a un lado de la calle.

—Sé lo que estás pensando —dijo ella de repente, de la nada.

Él ni siquiera la miró, su vista estaba fija en el agua.

—Crees que me acosté con él, la noche que no fui a casa, ¿no es cierto?

Se encogió de hombros. Tenía la sospecha, pero no estaba seguro de querer saber la verdad. Miroslava insistió.

—¡Pues no es cierto! Sabes que jamás haría algo como eso —Miroslava intentaba con todas sus fuerzas llamar su atención, sin conseguirlo—. No fui a casa porque se nos hizo tarde conversando, y él insistió en que me quedara a dormir. Pero él se acostó en el sofá del estudio. No pasó nada, ¿me oyes? ¡Nada!

Esa podía haber sido la verdad. Al menos era la verdad que él quería creer. Sin embargo, algo le decía que no era tan sencillo. Miroslava, por su parte, parecía sincera. ¿Qué le costaba creerle entonces?

Un tramo más de calle en silencio. A lo lejos se divisaba el viejo muelle destruido. Miroslava lo agarró del brazo.

—Vamos allí, ¿quieres? A nuestro lugar.

Él se dejó llevar. En ese muelle la había besado por primera vez, al principio en contra de la voluntad de ella. Había sido un tiempo hermoso, a principios de otoño. Las luces centelleaban en la noche que se iba alargando —la noche colorida y musical—, y los olores llenaban el aire de mil combinaciones de pan suave de semillas y humedad. Ahora en primavera, sin embargo, todo estaba mustio, desaliñado y gris.

A un costado del muelle un pescador confiaba en sacar algo del agua plomiza. Miroslava iba arrastrando un cuerpo que se dejaba llevar. Se sentaron en el borde, al final del muelle. Sólo silencio. Ahora era ella quien callaba y miraba al río.

—Está bastante sucio esta primavera —dijo él señalando el río. El silencio no se rompió como había pensado.

Miroslava se quitó los zapatos y dejó que los dedos de los pies alcanzaran el agua. Siempre le había gustado ir contra la corriente.

El agua estaba fría, pero Miroslava resistió estoica las punzadas en la carne. Él suspiró y comenzó a tirar piedrecitas al río.

—¡No puedo más con esto! —Miroslava sacó los pies del agua y se levantó sobre el muelle.

Él estaba acostumbrado a este tipo de exabruptos, pero no pudo evitar dar un respingo.

—Tengo que decirlo, ¡no puedo ocultártelo! Aunque tú ya lo sabes todo, como siempre.

Se cubrió la cara con las manos y comenzó a llorar. Él se puso de pie e intentó abrazarla, pero ella se resistió al abrazo. De repente se apartó las manos y lo miró con ojos desorbitados.

—Tenías razón, ¡me acosté con él aquella noche! ¡Pero me hacía falta! ¡Necesitaba sentirme deseada una vez más!

El corazón se le detuvo. Dio un paso atrás, repeliendo el cuerpo de Miroslava como si fuera una bestia salvaje. Todo el tiempo lo había sabido, pero en el fondo albergaba la esperanza de que no fuera cierto. Algo lo pulsaba a marcharse, a dar la espalda y salir de allí, corriendo si era preciso. Su cuerpo obedeció más rápido que su mente. En un instante ya se había alejado de Miroslava unos metros. Ella se quedó inmóvil primero, luego lo siguió gritando.

—¿A dónde vas? ¡Todo esto es tu culpa!

Él apretó el paso. Sí, todo eso era su culpa. Cruzó la Gavrilovica. Atrás Miroslava se había detenido y otra vez lloraba. Un tren pasó con destino a la estación.

Lluvia. Lluvia de primavera. Fría, incómoda, pegajosa y cruel. Dentro del apartamento se estaba a salvo, como se puede estar a salvo de la muerte dentro de un ataúd. La lluvia fría flagelaba las ventanas y el viento aullaba como un perro mojado. Dentro, él otra vez en calzoncillos, frente a la pantalla en blanco. Leonard Cohen en la reproductora. *Famous blue raincoat.*

It's four in the morning, the end of December
I'm writing you now just to see if you're better…

Sonó el timbre de la puerta. Él fue a abrir. En el umbral, Miroslava empapada, el vestido azul chorreando lluvia helada. Los ojos azules chorreando lluvia helada. La cara de perro mojado por la lluvia helada.

—¿Puedo pasar?

Él se apartó de la puerta. Miroslava caminó unos pasos.

—¿Te traigo una toalla?.

—No hace falta —la voz le temblaba de frío.

—Te traigo una toalla.

Puso a calentar agua en la tetera mientras ella se secaba el cuerpo frío. El vestido azul dejaba ver la piel temblorosa bajo la tela.

—Por favor.

—¿Por favor? ¿Qué? —dijo él encendiendo un cigarro.

—¿No entiendes que todo lo hago por ti? No te lo hubiera contado si no fuera todo por ti.

Él se dejó caer sobre el sofá. La ceniza del cigarro cayó al piso. Ella corrió a sacudirla y de pronto él la tuvo a sus pies.

—Déjalo. No tiene importancia.

La tetera lanzó un chillido desde la cocina.

—¡Sí la tiene! —gritó Miroslava con su voz infantil— ¡Todo es importante!

Dejó a Miroslava arrodillada junto al sofá. Sirvió el agua caliente en las tazas. La mano le temblaba mientras revolvía el agua con las bolsas de té. Leonard Cohen seguía cantando en la reproductora.

Ah, the last time we saw you you looked so much older
Your famous blue raincoat was torn at the shoulder…

El té quemaba como un paño húmedo de fiebre. Miroslava intentó hablar, pero la voz le tiritaba.

—No digas nada. Ya has dicho demasiado.

Él la miraba desde el sofá. Ella sobre el suelo. El vestido húmedo, el té en las manos temblorosas.

And you treated my woman to a flake of your life
And when she came back she was nobody's wife...

Afuera el viento aullaba. Dentro, un hombre y una mujer en silencio, en una pequeña habitación. Leonard Cohen aullaba.

—Fui a verlo esta noche —Miroslava con la vista fija en la taza de té que aún humeaba. Se volvió a mirarlo, desde sus ojos azules y mojados— Dice que lo siente mucho, ¡está desesperado!

And what can I tell you, my brother, my killer
What can I possibly say?

Miroslava en el suelo, jugando nerviosa con la taza de té.

—¡Tienes que perdonarlo! ¡Por favor! Yo no tengo perdón ¡Pero él...!

La miró a los ojos, azules. Ella no pedía perdón para sí misma. Los ojos azules brillaban en el fondo, detrás de la tristeza había una luz que hacía tiempo él había dejado de ver. Y no pedía perdón para sí. No, la culpa no era suya, y ella no pedía perdón.

Miroslava en el suelo como una muñeca con el vestido húmedo. El cuerpo transparente tras la tela azul. El brillo antiguo tras los ojos azules. Sintió ganas de arrancarle el vestido mojado, de hacer trizas esos ojos azules, de hacerle el amor allí mismo, y de tragarse de un sorbo el brillo de esos ojos.

Dudó unos instantes, sin saber exactamente qué hacer. ¿Debía olvidarlo todo? ¿Seguir su instinto o abrazarla? Eso era lo que más deseaba en ese momento, abrazarla y perdonarla aunque ella no pidiera perdón. Él era el que debía pedir perdón, perdón por haber dejado de ver ese brillo azul en el fondo de sus ojos, perdón por estar sentado todo el día en calzoncillos frente a la computadora, por querer terminar su novela y ser alguien de quien ella estuviese orgulloso por fin.

Pero se quedó inmóvil en el sillón, con la taza y el té entre las manos, mirando a la muñeca mojada sobre el suelo, en actitud de bailarina que saluda al público al final de la función.

Ella bajó los ojos. El brillo azul desapareció en la sombra.

Leonard Cohen dejaba de cantar en la reproductora.

Afuera el viento seguía aullando su canción de perro, y la lluvia no dejaba de azotar el cristal de las ventanas.

Y, sí, la perdonó. ¿Por qué? Quién sabe. Quizá porque ella no tenía la culpa. Nadie tiene la culpa. Es el cuerpo el que de pronto necesita abrazar o ser abrazado allí donde se pueda. Miroslava, además, no le pertenecía. Lo había sabido siempre. Nadie le pertenece a nadie, nadie es dueño ni siquiera de sí mismo. La perdonó, en fin, y por un tiempo intentó volver a ser feliz.

Era una felicidad manchada, sin embargo. A ratos recordaba todo, y se le hacía difícil mirarla a los ojos. ¿Por qué se le hacía tan difícil? Su única esperanza era que, según su experiencia, todo el dolor iría menguando. Pero también sentía temor de lo que sucedería cuando desapareciese todo ese dolor.

Un día, cuando ya había pasado más de una semana, estaban los dos jugueteando a oscuras sobre la cama. Era la primera vez que se desnudaban uno frente al otro desde aquel día, y era como enfrentarse a un cuerpo nuevo, como explorar una extensión de carne extraña y desconocida. Ella se dejaba tocar con cierta timidez, y él también temblaba cuando con la mano recorría la otra piel. En un momento recordó algo y la hizo volverse boca abajo. Miroslava obedeció insegura. Como siempre incontinente, le había contado con lujo de detalles el sexo con el fotógrafo, cómo este la había penetrado, en qué posiciones la había puesto. Uno de los pasajes más sobresalientes había sido uno en que el fotógrafo la había puesto boca abajo y había intentado penetrarla por el recto, pero como ella estaba tan húmeda el pene a él le había resbalado hasta la vulva, y Miroslava lo había dejado creer que su recto se abría y se dejaba explorar tan fácilmente.

Así que cuando la mandó a ponerse boca abajo, esa noche en que habían por fin decidido volver a exponerse mutuamente los cuerpos, ella supo lo que él estaba pensando, y obedeció con miedo y con dolor. Él, efectivamente, enfiló hacia el ano, y a propósito se deslizó a la vulva, aunque pretendiendo que no notaba el cambio. Miroslava se dejó hacer, resignada, mientras él la penetraba rudamente, con violencia. Pero no era la violencia de la pasión, y Miroslava se dio cuenta de que lo que él sentía en ese momento no era el placer carnal, sino el de la liberación de la rabia. Penetrándola así, con furia, ella sintió que él la flagelaba, y lloró boca abajo, con las manos sobre los ojos para que él no notara sus lágrimas.

—¡Sí! —gritó—. ¡Castígame! ¡Así! ¡Me lo merezco!

Él dejó de penetrarla, detuvo el movimiento rudo de su flagelo en la vagina de ella. Ya no tenía sentido, ella lo desarmaba. Nada tenía sentido. Quizá nada volvería a tener sentido nunca más.

Antígona

Dejó el hotel. Si iba a quedarse una semana más en la ciudad prefería estar más cerca del mundo real, así que se buscó un pequeño hostal en la ciudad vieja, muy cerca del río y del Puente Latino donde todo había comenzado.

Había pasado una semana desde la tarde del encuentro en el puente, y la noche y los golpes de dios a la puerta de la celda. No la había vuelto a ver, desde el día siguiente a aquella noche. Era un recuerdo extraño y limpio que no quería contaminar con una sucesión de fracasos afectivos.

Pero la extrañaba. Por lo que pudo ser y no había sido, pero sobre todo por lo que pudo no ser. Así que, una semana después de haberse instalado en el hostal, se armó de valor y corrió al convento a buscarla, a regresar a la tarde y la noche de una semana anterior.

Entró por el jardín, como aquella vez. La campana llamaba a la cena igual que entonces. Entró sin ser visto por la puerta lateral, subió la escalera y golpeó suavemente a la puerta de la celda.

Nadie respondió. Se le ocurrió pensar que sus golpes podían confundirse con el sonido del viento agitando la madera, así que tocó más fuerte. Sólo el silencio. Quizá había salido, quizá no había regresado aún de su paseo por la ciudad vieja, quizá ella habría ido también a buscarlo, aunque se le pasara la hora de la cena, y se habían cruzado sin verse en alguna calle estrecha y llena de turistas.

Bajó las escaleras. Estaba a punto de salir al jardín por la puerta pequeña, cuando una voz de mujer habló a sus espaldas.

–¿Buscaba a alguien?

Se volvió. La mujer no llevaba hábito, pero él supo que era monja. De edad incalculable, menuda, con gafas y una expresión de haberlo visto casi todo.

–Una chica –dijo él intentando, sin conseguirlo, esconder su acento de Belgrado–. Estaba aquí hace una semana.

La monja lo observó durante unos segundos con detenimiento. Luego se acomodó los anteojos.

–Ya no está con nosotros –dijo con expresión definitiva–. Se marchó hace unos días.

La buscó por toda la ciudad vieja, regresando siempre al caer la tarde al mismo punto del Puente Latino. Pero, ¿cómo buscar a alguien de quien se desconoce casi todo, alguien que quizá no quiere ser encontrado? Aun así tenía que intentarlo. ¿O quizá no debía? Al tercer día de su infructuosa pesquisa, recibió una llamada al móvil mientras fumaba un cigarro a mitad del puente. Quizá fuera ella, que había respondido a la tercera vez al ritual de cada tarde.

Pero no era ella. Era la voz de Dragan, un agente preocupado por la desaparición de su mejor escritor tras la lectura.

–¿Dónde estás? –dijo la voz sin disimular la angustia.

–No lo sé bien –respondió él encogiéndose de hombros–. ¿Dónde se supone que esté?

–¡No te hagas el místico! En el hotel dijeron que te habías largado hace tres días.

¿Había pasado tanto tiempo? Quizá. Para él apenas habían sido unas horas. O tal vez la eternidad, nunca se sabe.

–Dime dónde estás ahora mismo. Voy a mandar al chófer a buscarte.

Dudó entre dejarse atrapar o seguir su viaje de incógnito y sin objetivo. Al final cedió.

–¿El Puente Latino? En cinco minutos estamos ahí.

Todo acto de sumisión tiene su recompensa. Una autora local de libros infantiles había estado preguntando por él.

–Le prometí un ejemplar de tu novela –dijo Dragan–, firmado y entregado personalmente por ti.

El viejo alcahuete sonrió y le guiñó un ojo. Como todo buen agente literario sabía cuándo debía regalarle un hueso al perro. Y él, como buen perro, se dejó rascar la barriga.

Habían quedado para la noche, en un local vanguardista donde un joven dramaturgo, otro fichaje de su agente, presentaba su última y personalísima versión de Antígona. El grupo que tenía como misión llevar la obra a escena era desconocido, pero eso era un valor agregado para el público *avant-garde* que acudía a saberse partícipes de las últimas corrientes del arte.

Allí estaban el agente y su dramaturgo, rodeados de jóvenes *amateurs* de lo moderno. Saludó cortésmente y buscó con la mirada a su cita de la noche.

–Aún no llega –dijo Dragan al darse cuenta de su escrutinio impaciente.

–Quizá estaría bien comprar algo de vino –respondió él sin dejar de mirar a todos lados–, para el entreacto. ¿Me indicas dónde hay una licorería?

–Haz el favor de calmarte. Pareces un chiquillo… No hay entreacto. Habrá un cóctel luego.

–También debo comprar cigarros.

–En fin, como gustes. Hay un mercado abierto a dos cuadras de aquí, a la derecha.

Salió pitando de allí. Caminó en la dirección señalada y luego giró en una esquina. La ciudad parecía sembrada de luces y sirenas, mientras él avanzaba casi a tientas, como una polilla perdida en la noche. Encontró un bar en la otra calle. Compró cigarros y de paso pidió una copa de tinto. Se sentía un pusilánime. Pensó en cómo estarían ahora todos riendo de su absurda escapada. Apuró la copa y salió de vuelta a la calle. Necesitaba un cambio de aires. ¿Ir hasta el río? No tenía sentido continuar persiguiendo a un fantasma. ¿Qué te dio ella, más que una sonrisa y una noche célibe junto a un cuerpo de mujer en la celda de un convento? No hay nada allí, no lo que buscas. Y, por otro lado, ¿sabes lo que buscas?

Regresó al local de vanguardias. Cuántas veces no habría estado en mil sitios como ese, en Belgrado o en quién sabe dónde, rodeado de esa misma gente ávida de novedad, de que la pezuña del caballo del tiempo les arañe la piel de las costillas. Encendió un cigarro y apuró el paso. En la puerta seguía Dragan, pero ahora el dramaturgo ya no estaba, y en su lugar se hallaba una joven de pelo castaño y vestido gris, que sonreía con una boca en flor.

–Te presento a Stana Kovac –dijo el agente–, joven escritora de la ciudad.

La chica lo miró con ojos hambrientos, y la flor de su boca se cerró en una sonrisa de botón. Todo el mundo piensa a las escritoras de literatura infantil como vestales, como monjas consagradas a la infancia, o como madres responsables y sufridas. Nadie imagina cuánta lubricidad, cuánta voluptuosidad, cuánta lascivia encierra un cuerpo de mujer que dedica sus historias a los niños. Se saludaron brevemente, con dos besos fugaces en cada mejilla, pero los de ella perseguían la comisura de los labios, y hasta uno, quizá por accidente, le rozó a él la oreja derecha. Luego entraron al recinto, donde la obra estaba a punto de empezar.

La oscuridad. De pronto una luz se encendía.

Pueblo de Tebas —comenzaba diciendo un actor grueso frente a una tribuna— *el traidor Polínices ha muerto...*

La puesta en escena, como era de esperar, representaba más la actualidad inmediata que la antigüedad clásica. Un hermano decidía perpetuarse en el poder, el otro buscaba ayuda en una ciudad enemiga y arremetía con todas sus fuerzas contra los suyos. Ambos hermanos morían el uno a manos del otro, y el tío materno de ambos se convertía en dictador. El resto de la familia se dividía entre el deber cívico y el amor fraternal. Una puesta muy de vanguardias para una obra intemporal. Sólo faltaba que los personajes, en lugar de nombres griegos como Eteocles, Polínices y Creonte, se llamaran Dario Kordic, Radovan Karadzic y Anto Valenta.

De repente aparecía ella en escena, Antígona, hija de Edipo, venida de enterrar los restos de su hermano declarado traidor. El pelo rubio, rizado y revuelto, el vestido negro hecho jirones y manchado de tierra seca y sangre. Él la miró a los ojos, y por un momento ella, en mitad del escenario, lo miró a él también. No le pareció que ella mirara al vacío, eran sus ojos lo que ella veía, sus ojos y toda la intensidad de su mirada. Luego cambió la vista, pero él notó la perturbación de su rostro debajo de la piel del personaje. Ella no volvió a mirarlo durante toda la función.

La cabeza vacía. La cabeza en silencio. La imposibilidad de pensar en nada, de recordar nada. Sin embargo, todo estaba allí. Se vio a sí mismo con delantal, cortando trozos de pollo recién descongelados. La luz tenue se colaba por la ventana entreabierta por el calor, a pesar de las moscas. El atardecer era de esos que hacen de Belgrado una postal sobreexpuesta de la añoranza. Y él en delantal cortando el pollo mientras Miroslava hacía no sé qué sentada frente a la computadora. Así era siempre, ella pocas veces se ocupaba de la casa, casi nunca se ocupaba de la realidad. Prefería pasarse el día leyendo, escribiendo sobre lo que había leído, hablando sobre lo que había escrito, pensando sobre lo que había dicho. Hablaba mucho, quizá demasiado. A él le había chocado desde el primer día que ella narrara todo en tiempo real, en la medida en que las cosas iban sucediendo. Era como leer una novela de Hammet, o como esos locutores de voz gruesa que hacían los doblajes al ruso de las películas extranjeras. Desde la cocina la escuchaba hablar sola, en voz alta, consigo misma. Miroslava escribía algo y lo leía a viva voz, lo comentaba con su *alter ego*, con su *doppelganger*, con lo que fuese. Él dejó el pollo y la cocina y se acercó a la habitación donde ella escribía y recitaba en voz alta. Le daba rabia que ella no lo dejara en paz cuando se invertían los papeles, cuando él lograba sentarse frente a la computadora a intentar sacar a la luz su mundo interior. Él tenía que hacerlo todo. Era casi como vivir solo, más un doble inútil. ¿Por qué no vivir realmente solo? ¿No sería mejor?

Ella lo vio llegar y detenerse junto a la puerta, por su mirada adivinaba lo que él estaba pensando. Sonrió, como si no fuera importante. Esa sonrisa le encendió a él aún más la rabia, pero al mismo tiempo la veía a ella irresistible, una diosa griega recién salida de las aguas, sin más vestido que el salitre. Se le acercó, aún con el cuchillo en la mano. Miroslava lo miró desconfiada, ya no podía adivinar sus pensamientos. Ella tembló cuando él la rodeó con los brazos, con el cuchillo que brillaba amenazante, y comenzó a pasarle la lengua por el cuello, la nuca, el tronco y el pabellón de la oreja. Todavía con el arma en la mano le apretó los senos, el torso, las costillas, y la mano desarmada bajó hasta el vientre, se zambulló entre la tela hasta dar con la perla rosada del clítoris.

–¿Qué haces? –dijo ella– ¿Acaso no te das cuenta de que estoy con el período?

Pero a él eso no lo detuvo. Blandiendo el cuchillo amenazante la obligó a ponerse de pie y abandonar la silla, la condujo hasta el sofá y de un empujón la soltó sobre los almohadones. Ella temblaba como un ave acorralada. Él la imaginó desnuda antes de abalanzarse sobre ella, imaginó su vulva encharcada en sangre, sangre chorreándole por la entrepierna, sangre en las manos, en los labios, en el sexo. Entonces se escuchó un ruido de cazuelas que venía de la cocina. Él corrió y sólo alcanzó a ver cómo un gato agarraba el último trozo de pollo y se escapaba con él por la ventana entreabierta.

Las luces se apagaron en el silencio. Luego el aplauso y otra vez silencio, esta vez interrumpido por el murmullo de la sala. En su mente aún el recuerdo, la imagen de Antígona revolcándose entre el lodo y la sangre de sus hermanos insepultos.

–Ahora pasaremos a la terraza –informó Dragan por lo bajo.

El público comentaba a la salida sus impresiones de la obra.

–Demasiado explícita –decía uno con barba en el mentón y aspecto de crítico–. No era necesario ser tan directo.

–La versión tiene imperdonables omisiones con respecto al original –remarcaba otro con aire de entendido.

–Las interpretaciones, sin embargo, estaban muy a la altura –puntualizó un tercero–. Excepcionales si se toma en cuenta la juventud de los actores.

La gente, invitados selectos a la puesta, fueron pasando poco a poco a una terraza contigua, donde se había dispuesto todo un arsenal de sillas y mesitas. Sobre las últimas, un juego de bandejas proponía a la audiencia toda suerte de *delicatessen* y bebidas espirituosas.

Stana lo agarró del brazo al salir. Él se sintió un poco incómodo al contacto, pero ella sonreía a sus anchas. Se la veía que estaba en su medio, que nadaba a favor y en contra de la corriente como si lo hubiera hecho toda la vida. Se sirvieron canapés y champaña, y fueron a acomodarse a un rincón alejado. El agente se excusó diciendo que debía ver a su *protegé*, el autor de la obra.

Ella no dejaba de mirarlo, sin hablar. Acaso esperaba que fuera él quien dijera la primera palabra, pero él no tenía nada que decir, o no quería tener nada que decir. Sólo sonreía cortés. Entonces Stana rompió el hielo.

—Me dijo Dragan que tenías algo para mí —sus ojos eran una flor carnívora que divisa una mosca despistada. Él cayó en cuenta y aprovechó la oportunidad de zafar el cuerpo unos minutos.

—¡Oh, sí! Lo he dejado en el recibidor. Enseguida regreso.

Atravesó la masa de críticos y *amateurs* del arte como un pez anfibio que busca desesperadamente oxígeno. Se dirigía al sitio en el que había dejado su bolsa, con idea de desertar, pero al llegar ahí sólo tomó el libro y regresó a la terraza, donde Stana bebía el último sorbo de su champaña.

—Aquí está —dijo él ofreciéndole la novela. Entonces vio su copa vacía y pensó en volver a escapar—. ¿Te traigo otra cosa?

—No, déjalo —respondió ella tomándole de las riendas—. Ya vendrá el camarero.

Regresó al asiento junto a Stana, y entonces entró ella, con los rizos rubios revueltos y un vestido perlado: Antígona. Pero ya no era Antígona, o casi había dejado de serlo. Ahora era sencillamente la joven actriz a quien él se había atrevido a mirar a los ojos.

Recorrió cada uno de sus movimientos con la vista, la entrada triunfal, los saludos y la reverencia ante el aplauso. Stana se dio cuenta y la flor de su boca se transformó en una mueca.

—¿Me traes otra copa? —le dijo con tal de atraer su atención.

—¿Eh?... Sí, claro.

Se puso de pie y fue directo hacia las bandejas. Por el camino tropezó con los ojos de Antígona. Ella le devolvió la mirada, saliendo de la conversación en la que un par de adoradores intentaban implicarla. Pero ya no era Antígona, aunque todavía conservaba algo de su fuerza. Ahora era una Afrodita de vestido perlado en el cuerpo de una joven actriz.

Él casi arma una debacle con las bandejas. Ella sonrió ante su torpeza. En el fondo, Stana observaba la escena con mirada de crítico insatisfecho. De tanto escribir libros infantiles se había transformado en la bruja del cuento. Al final él regresó a su lado con dos copas de champaña.

—¿Por qué no nos vamos de aquí? –dijo ella sin disimular su hastío.

—Oh, aquí se está muy bien –respondió él–. ¿Quieres algo más? ¿Un canapé?

Stana no respondió. Él se reclinó en el asiento. Con la vista no dejaba de seguir a Antígona, o a la chica que habitaba su cuerpo. Stana se movió inquieta, de un trago apuró el champaña.

—Entonces creo que me iré yo sola.

—¿Sí? Bueno... ¿Quieres que te acompañe?

Stana lo miró con odio. La flor carnívora ahora era una hiedra vengativa.

—No hace falta –dijo cambiando el rostro–. Puedo coger un taxi.

Él ni siquiera la acompañó a la entrada. Ella se fue dando tumbos. Al pasar cerca de la joven actriz le lanzó una mirada mortal, y luego desapareció.

—Así que eres escritor –dijo la chica–. Dicen que tu novela es una revelación.

—No –respondió él–. Tú eres una revelación. Mi novela son sólo palabras.

—Pero las palabras pueden hacer muchas cosas.

—¿Como qué?

La chica se puso de pie. Se arqueó sobre él y le echó el aliento en la oreja.

—Ven conmigo –dijo mientras lo agarraba de la camisa. El vestido perlado ardía de fiebre a la luz de la luna.

Él la siguió. Ella lo llevó por un pasillo que parecía conducir a los camerinos, pero que al final desembocaba en el lavabo. Encendió la luz, el olor a desinfectante y a humedad era casi lúbrico. La chica lo agarró por los hombros y lo empujó contra la pared.

—¡Dámela! —dijo de pronto, con acento de vampiresa de Hollywood.

—¡¿Qué?!

—¡Que me la des! —de pronto ella cambió de actitud. Su tono era más profesional—. Sabes bien lo que quiero. No sólo lo sabes, sino que lo estás deseando…

Él no supo qué responder. La chica entonces descendió hasta la altura de la bragueta. En instantes sacó a la luz un pedazo de carne tímida, que al contacto con su mano rápidamente se convirtió en un músculo tenso. Él se dejó llevar por lo inevitable. Mientras ella más lo absorbía, más fuerza le surgía a él, sin que supiera a las claras de dónde venía. En un momento no pudo más. La agarró como antes hiciera ella, la puso de espaldas contra la puerta, le subió las perlas del vestido y, haciendo a un lado sus bragas, tanteando el terreno hasta comprobar que estaba listo, le metió de un tirón el músculo tensado. Ella expidió un crujido y luego comenzó a transpirar.

De regreso al hostal estaba inquieto. Se sentía saciado y su amor propio floreciente, pero algo le faltaba. En la recepción pidió el teléfono y marcó un número de Belgrado.

—¿Aló?

—Hola, ¿te desperté?

—¿Quién habla? —la voz de Miroslava parecía la de una niña encerrada en una copa de vidrio.

—Soy yo. ¿No me reconoces?

Miroslava emitía del otro lado de la línea un sonido indescifrable. Parecía una risita tímida, y al mismo tiempo parecía que lloraba, o que intentaba respirar entre las lágrimas. La voz le temblaba y retumbaba contra el vidrio.

—¿Eres tú? ¿De verdad eres tú?

Discusión con Heidegger

¿Cómo es posible definir la veracidad y la pertinencia de toda relación humana? ¿Puede ser que dos entes ajenos realmente se conciban, se perciban, se toquen? ¿Es que cada cual, embebido en su propia existencia, puede hacer un alto en sí y efectivamente ser consciente de la proximidad del otro? ¿O es el otro apenas una fantasmagoría, una recreación —si no una mera invención— de la mente absorta en sí misma? Si el recuerdo del contacto con otro ente puede reproducir las mismas emociones, las mismas respuestas del cuerpo; y es posible también, por otra parte, crear recuerdos falsos que no parten de ninguna experiencia previa, ¿no puede entonces la mente producir esas emociones de la nada, sustituyendo al contacto mismo? ¿Puede ser verdad, entonces, el contacto, o es apenas un engaño del ser, un espejismo de la mente? Si hay contacto, en cualquier caso es imposible determinar su veracidad en tanto contacto de dos entes —cuando puede ser apenas la reacción de uno ante su propio límite—. Cualquier intento de establecer una verdad última desemboca en sofisma. Toda acción por inventar al otro es tan sólo otra masturbación.

Se había encerrado en su pieza del hostal, con el fin de refugiarse del mundo, del mundo externo que también resultaba una parte incómoda de sí mismo. Había pedido que el desayuno se lo dejaran a la puerta, sin siquiera avisarle, sin interrumpir su introspección, aunque todo ello implicara un pago extra. ¿Pago a quién? Un pago a sí mismo, un ciclo de eterno retorno a su propia soledad. Había recogido del suelo del umbral, cuando la había creído ya dispuesta, la bandeja con el café, el jugo de naranja y las rebanadas de pan y mantequilla. El café ya estaba frío, así que su cálculo del tiempo se había distorsionado, en el espacio intemporal y viciado de su habitación.

No hacía más que pensar en ella. Poco a poco, su recuerdo había ido creciendo, la idea de su ser y de su cuerpo había comenzado poco a poco a desplazar los demás pensamientos, los demás recuerdos. Ya casi no había lugar para otra cosa que no fuera ella, ni siquiera para sí mismo. ¿Cómo seguir viviendo, entonces, si ya no se es uno sino el simple reflejo del otro? El espejo del baño, empañado desde el primer día, ni siquiera reflejaba su imagen y, de cualquier modo, él ni siquiera lo veía.

Toda su vida se redujo a las funciones elementales y a recordar las pocas horas que había pasado junto a ella. Al principio la comparaba con otras, en su afán de comprender qué es lo que la hacía diferente. Luego las otras se fueron desvaneciendo, fueron perdiendo primero los matices, los rasgos se le hacían borrosos, el timbre de sus voces se transformaba en un ruido monótono y ajeno; después sólo eran abstracciones de lo que una vez habían sido, sólo nombres y circunstancias. Al final sólo quedó ella, sola, en medio de la nada.

Ya ni siquiera se sentía compelido a buscarla afuera –un afuera donde quizá ya no existía, donde tal vez nunca había existido–. Lo que lo atormentaba era la incapacidad de aprehenderla dentro, de lograr que su imagen no se le difuminara a ratos, que su voz no temblara como interferida por una penumbra que iba creciendo por los rincones de su mente: la misma penumbra que ya se había tragado todos los otros recuerdos, y que había llegado hasta borrar las marcas que lo hacían ser quien era y no una extensión de la cama donde cada vez pasaba más tiempo.

El sueño lo iba venciendo. Un sueño incómodo, pesado, implacable, que se adueñaba, no de sus músculos y de su carne, sino de su alma. No un sueño de imágenes —ya no quedaban más que la de ella—, sino un sueño negro, vacío, como un abismo infinito que lo rondaba a punto de abalanzarse sobre su última célula despierta. Y él pugnaba contra ese sueño, en mitad de otro sueño que era la vigilia de pensar en ella, de sólo pensar en ella. Pero sus fuerzas flaqueaban, y a la par del abismo iba creciendo en su interior el pánico a perder sus restos, la última imagen que había logrado conservar, en la pequeña celda de un convento católico, en un amanecer acunado por campanas.

¿Cuándo comenzó todo? Siempre le había gustado pensar que su vida, su verdadera historia personal, había empezado el día, a la edad de diez años, en que se había enamorado por primera vez. En aquella ocasión se trataba de una chica rubia —casi siempre se trataba de lo mismo: una chica rubia— con ojos adormecidos, hija de un amigo de sus padres. La había visto una sola vez, pero era la primera chica con la que se había atrevido a hablar, mientras sus padres estaban ocupados atendiendo a la visita, y aunque nunca más se habían encontrado ni podía, tiempo después, recordar su nombre, aquel encuentro resultó suficiente para recordarla de por vida. La complicidad de aquel diálogo infantil, la atención apasionada que ella le había prestado, habían bastado para convertir ese recuerdo en el de su primer amor, uno que jamás borrarían los amores subsiguientes.

Y, de algún modo, ese encuentro había marcado sus relaciones posteriores. No sólo buscaba —y esperaba— en cada nueva mujer aquel pelo rubio, un tanto rojizo y ligeramente rizado, y en cada rostro unos ojos medio adormecidos, que lo miraran entre la bruma del sueño, sino que también les exigía al menos una parte de aquella atención, de aquella complicidad. En realidad esto último podía incluso suplir la falta de los rasgos físicos requeridos, pues que una mujer le prestase un poco de atención irremediablemente lo hacía enamorarse de ella, al menos por un tiempo, hasta descubrir que un año de miradas atentas no podía equiparar –mucho menos superar– el recuerdo de aquella noche.

Porque nada puede equiparar el recuerdo de una noche, menos aún cuando en esa noche se tienen diez años y una mujer de idénticos diez años mira con ojos adormecidos pero atentos, buscando la respuesta a eso que ya le va creciendo dentro, y que es un cuerpo de mujer que se conforma en el interior mucho antes incluso de que empiece a notarse en el exterior. ¿Qué hubiera pasado, sin embargo, si no hubiese sido sólo aquella noche, si al día siguiente, si una semana después, si la hubiese vuelto a ver en los meses y años posteriores? Eso nunca se sabrá, y precisamente tal incógnita es la que convierte el recuerdo de una noche a los diez años en un castillo inexpugnable, en un paraíso perdido sin parangón sobre la tierra.

Él, aprovechando que sus padres estaban ocupados en conversaciones de adultos, la había llevado al patio del edificio, su sitio predilecto, para mostrarle unas ruinas que jamás se habían reconstruido.

—Aquí los alemanes dejaron caer una bomba cuando la guerra –le había dicho orgulloso mientras le mostraba una pared derruida.

—Ah –había dicho ella por toda respuesta, maravillada ante el trozo de historia local que él le ponía ante los ojos.

Y él, envalentonado por la experiencia de instruir con éxito a un alma joven, se había lanzado de un brinco sobre los restos del muro.

—¡Ten cuidado! –había dicho la chica con sincera preocupación–. ¡No te vayas a caer!

Eso había sido suficiente para hacerlo flotar, para dotarlo de unas alas infalibles que le permitieran sobrevolar todas las ruinas de todas las guerras. Sin embargo, cegado por la felicidad, no midió bien la distancia, y al saltar de vuelta junto a ella había rozado una piedra y se había herido la rodilla.

–Tienes sangre –había dicho ella al mirarle la herida, de la que manaban unas gotas.

–No importa –dijo él sonriendo, inmune al dolor.

Luego ella se había marchado con sus padres, quienes vivían muy lejos, no sabía dónde. Jamás la había vuelto a ver.

A veces, años después, pensaba en ella durante horas. Trataba de imaginar qué habría sido de ella, en qué tipo de mujer se habría convertido. También intentaba visualizarla ya adulta, y cómo sería un encuentro a esas alturas. Otras veces pensaba en qué pensaría ella de aquel encuentro, de aquella noche. ¿Recordaría ella también? ¿Sería para ella un recuerdo igual de imborrable? ¿Lo recordaría, a él?

El timbre del teléfono llevaba sonando un rato cuando por fin logró abrir los ojos. La luz le hirió la pupila y los músculos de la cara se le contrajeron sin que él fuera capaz de dar la contraorden. Algo dentro de sí intentó pulsar los tendones de una mano, pero el cuerpo no le respondía. ¿Cuánto tiempo llevaba aquí? El teléfono insistió un par de veces más y luego se sumió en un mutismo aún más ensordecedor.

Volvió a cerrar los ojos. La luz siguió molestándolo a través del párpado, una luz intensa y abismal que en minutos se volvió negra y absoluta. No supo si fueron minutos o años más tarde, apenas cerrados los ojos, cuando los toques a la puerta lo volvieron a sacar de su letargo. Unos golpes primero leves, luego cada vez más feroces, que casi desprendían la madera del marco.

«¡Déjame en paz, dios!», pensó, y este pensamiento se tradujo en un gemido tenue, salido de más allá de su garganta.

Los golpes cesaron. Dios había escuchado. Pero no, había voces tras la puerta, voces que hubiera podido reconocer si su memoria no estuviera totalmente ocupada por el recuerdo de ella. Voces y el sonido de unas llaves. La puerta se abrió, y a la luz entraron Dragan y el ama de llaves del hostal. Le dijeron algo que él no pudo comprender. Oía las palabras, pero era como si no fueran más palabras, sino sonidos desconocidos y desarticulados. Sus ojos ni siquiera se movieron para ver los labios que le hablaban. Ya ni siquiera podía discernir si los tenía abiertos o cerrados. Dragan le dijo algo a la mujer y esta salió. Regresó poco después acompañada de un joven alto y fornido.

Entre Dragan y el joven lo cargaron y lo llevaron hasta el cuarto de baño. No hizo falta desnudarlo, pues hacía días que ni siquiera se tomaba el trabajo de vestirse. Lo metieron en la bañera como un cadáver inmundo. El chorro de agua lo golpeó en la cara, iluminando un punto de su memoria que casi se había perdido entre las sombras. Él pensó en el Jordán, y de paso también en el Miljacka y en el Puente Latino.

La diferencia entre el sueño y la vigilia es apenas un velo transparente y suave, como un hormigueo en la carne, el gorjeo de un río de sangre recorriendo los vasos de la epidermis. Sin embargo, la marca más segura –si es que hay algo seguro en este mundo– de que estamos despiertos es el supuesto control que tenemos sobre nuestros actos. Pero si ese control se pierde, cómo podemos diferenciar entre estar aquí y ahora y navegar sin rumbo ni timón por las pantanosas aguas del Erebo.

Baste además que por una vez se pierdan las riendas de lo que llamamos realidad, para que nunca más se confíe en ninguna certidumbre. Quienquiera que haya confundido los límites entre las posiciones del cuerpo y del alma ya no verá otra vez esa frontera, ni como valla sólida ni como puerta imaginaria, y vivirá a partir de entonces a merced de las moiras, directamente bajo los ojos enjuiciantes de Minos, Radamante o Éaco, y no tendrá perdón jamás, pero tampoco falta, pues será como un infante sin juicio, y su pena será su propia pena: aquella que sea capaz de cargar sobre los hombros.

Sin embargo, también estará condenado a vagar eternamente por las sombras, sin paladar y sin olfato, repitiendo una y otra vez la rutina de llevar la roca hasta la cumbre para verla rodar luego cuesta abajo y sin remedio. Sólo una cosa puede salvarlo de esa rutina implacable, y es saberse al fin libre de unas reglas de conducta que sólo pueden aplicarse a los mortales que viven en sociedad. Ya no tendrá que pelear por dioses fátuos ni besar las banderas descoloridas de la sangre. Será un muerto feliz, un semidiós desnudo y sonriente. Pero esto será sólo si logra desembarazarse de toda indumentaria fútil y anacrónica.

Ya vestido, tras el café, sentado en el borde de la cama, las cosas parecían volver a su lugar común y a su orden cotidiano. Dragan estaba sentado cerca de él, en un sillón junto a la ventana.

—¿Me puedes decir qué coño te pasa? —el tono de su voz era severo. Dragan estaba reclinado hacia delante en el sillón, con las manos juntas. Sus dedos tamborileaban nerviosos unos contra otros—. Llevas más de una semana comportándote como un energúmeno. ¡Ya es difícil ser tu agente literario! ¿También necesitas una madre?

La voz de Dragan le retumbaba en el sitio donde debía estar el cerebro, que aún semejaba una bóveda vacía. No respondió. Lo mejor que podía hacer era bajar la cabeza y aguantar la reprimenda en silencio.

—En fin —continuó el agente—. Ya que has decidido pasarte unas vacaciones en la ciudad, te he conseguido una lectura en el campus universitario. ¡A ver si el aire de las aulas te aviva un poco el seso!

Dragan guiñó un ojo. Callaba más de lo que decía, pero sus gestos eran una enciclopedia. No había nada que hacer. Si su agente lo quería despierto y en *perpetuum mobile*, no se libraría de recitar historias a las núbiles estudiantes de letras. Asintió. Era mejor portarse bien por el momento. Tomarse la pastilla y salir a la calle a ser un ser humano. Dragan interpretó el gesto y el silencio como que su obra estaba cumplida y podía marchar. Ya en la puerta se volvió para decir la última palabra.

—Mañana vengo por ti, ¡a las cinco!

Pero entonces, ¿se podría decir que todo había comenzado aquella noche, cuando apenas tenía diez años? Quizá, pero también se podría decir que había comenzado varios años antes, cuando sus padres y los de ella se habían conocido, justo en la época de la muerte de Tito. O se podría decir que había empezado el seis de abril de 1945, el día en que los alemanes habían bombardeado Belgrado y habían dejado ese trozo de muro que nadie jamás reconstruyó, y que mucho tiempo después sirvió para que él saltara sobre las piedras, instruyera a un alma joven y sangrara al caer, mientras ella señalaba con el dedo la sangre de la herida.

Siguiendo este orden, entonces su historia también podría haber comenzado el primero de diciembre de 1918, cuando el rey Karađorđević había proclamado oficialmente el Reino de los Serbios, Croatas y Eslovenos. O antes aún, el 23 de julio de 1878, con la independencia de Serbia del Imperio Otomano; o el 31 de marzo de 1492, cuando los reyes católicos de España habían firmado el edicto por el que se expulsaba a sus ancestros del reino, por lo que habían terminado asentándose en los Balcanes; o en una fecha incierta alrededor del año 600, cuando el Arconte Desconocido había guiado a los serbios blancos hacia el sur; o, en fin, en el año 66, cuando, tras la Guerra Judeo-Romana, se expulsó a los judíos de Palestina.

¿Cuándo comienza una historia? ¿Con el nacimiento? ¿Pero acaso para que este nacimiento ocurra no tienen que sucederse otros nacimientos anteriores? ¿No es preciso que ocurran una serie de acontecimientos que también tienen su principio, y que deben su principio al comienzo de otros sucesos anteriores? ¿No es el comienzo de una historia, en fin, el comienzo de todas las historias?

Salió a la calle. La brisa de la noche le heló el rostro y estuvo a punto de volver sobre sus pasos. Pero continuó andando por inercia, sin dirección fija. Entró a un café cuyas luces le llamaron la atención. Compró cigarros y pidió una cerveza. La gente en el café hablaba y reía en una penumbra irreal, totalmente fuera de su alcance. Terminó la cerveza, puso un billete sobre la barra y salió de vuelta a la calle. La ciudad era un rompecabezas de luces y colores sin forma. Encendió un cigarro y comenzó a andar, otra vez sin rumbo ni destino.

Ya no pensaba en ella, o al menos no lo hacía conscientemente. No sabía en qué o en quien pensar. Simplemente se abandonó a la voluntad de sus pies desorientados sobre las calles de piedra.

Ensayo sobre la voluptuosidad

Había ido a la cinemateca, a ver un ciclo de cine serbio de la década del veinte. Ponían *A través de la tormenta y el fuego*, de Milutin Ignjačević y Ranko Jovanović. Se había sentado en la tercera fila, no demasiado delante ni muy al fondo: un número perfecto para la cábala del celuloide. De pronto llegó ella, cuando estaban a punto de apagar las luces. Alta, rubia, de movimientos torpes, entró con prisas y fue a sentarse justo en la tercera fila, en el asiento vacío que él había reservado para aislarse de los otros.

—Perdón, ¿puedo? —dijo con remordimiento, después de haber ocupado la plaza.

Él asintió. Tampoco quería ser descortés. Ella estuvo en silencio durante toda la función, pero en varias ocasiones la sorprendió de reojo mirándolo a él también de soslayo. Cada vez que sus ojos se encontraban, rápidamente rehuían la mirada. En un momento él decidió no mirar más y se concentró en la película como si esta fuera lo único que existiese. Al salir de la sala se sentó en una mesita del patio y encendió un cigarro. Ella salió con la misma prisa con la que había entrado y se perdió en el trajín de la calle.

Él siguió yendo al resto del ciclo, y cada vez se reproducía la misma escena: ella llegaba tarde y se apresuraba a ocupar el asiento que, a partir del tercer día, él le tenía guardado. Durante la función se miraban de reojo, se exploraban en secreto, se palpaban con los ojos en la penumbra. Al terminar la película él salía primero y se sentaba en la misma mesa a fumar. Ella salía con la torpeza de un niño de once años y desaparecía corriendo entre la gente.

El último día pasaban una comedia, *El rey del charleston*, de Kosta Novaković. El ritual transcurrió como siempre: el arribo torpe de ella, la guerra fría de miradas en la oscuridad. En un momento él dejó que sus ojos se quedaran fijos en la pantalla, viendo a todas esas mujeres de pelo rizado y sonrisas livianas, de labios y ojos pintados de un negro imposible, bailar al ritmo de los locos años veinte. Luego quiso ver a dónde miraba ella, si seguía con su mismo afán los movimientos casi ridículos de las mujeres como niñas en la pantalla. Pero ella no veía la película, sino que lo enfocaba a él de plano, con cierto descaro. Cuando la miró, ella no cambió la vista, ni pretendió estar mirando a otra parte. Él tampoco huyó de su mirada. Sonrieron, cómplices.

–¿Sabe? –dijo ella en plena sonrisa–, ellas se maquillaban como cualquier mujer: los labios rojos, los párpados con sombra azul. No se daban cuenta de que el celuloide les iba a transformar los colores de la vida en esos espectros mórbidos.

–Pues las mujeres de ahora deberían maquillarse así, de negro –replicó él–. No hay nada más sensual que el beso de la muerte.

–*Eros* y *Thanatos*, claro. Los hombres y su espíritu de tragedia.

Él pensó muy bien su próximo comentario. Iba a decir que la existencia misma del hombre es en esencia trágica, pero en ese momento los mandaron a callar. Él sonrió una última vez, como excusándose, y regresó a los bailes en blanco y negro de los locos años veinte.

A la salida no fue a sentarse en la mesa habitual, sino que esperó en la puerta de la sala.

–La invito a un café –le dijo en el momento en que ella salía, ya no como un bólido hacia la calle, sino buscándolo entre el público en retirada–. ¿Hay algún sitio que le guste especialmente?

—Prefiero ir a mi casa —ella sonrió ante la mirada de decepción que él comenzaba a esbozar—. Allí estaremos más cómodos. Mi nombre es Saša.

El apartamento de Saša quedaba muy cerca de la cinemateca, en un edificio moderno del Nuevo Belgrado, no muy afectado por los bombardeos de 1999. Estaba en la última planta, y tenía una terraza desde la que se veía todo el barrio, en la que Saša había dispuesto una mesita y unos sillones para contemplar el paisaje desde la altura, mientras tomaba café y leía algún libro. Alrededor de los sillones había varios tiestos con flores y vegetales comestibles.

—Se está bien aquí —dijo él al tiempo que ocupaba uno de los sillones.

La vista era calma, de una belleza madura y simple. Saša sirvió el café y le ofreció una taza. Él no dejaba de contemplar la ciudad —su ciudad—, como si la viese por primera vez.

—¿Dijo usted que era escritor? —preguntó la mujer interrumpiendo su éxtasis contemplativo.

—¿Dije eso? Bueno, supongo que al menos lo intento.

—¿Tiene algo publicado? ¿Algo que me recomiende?

—No. Aún no. Estoy terminando de escribir una novela.

—¿Puedo leer algún fragmento? Digo, si a usted no lo incomoda...

La manera en que Saša lo trataba, con una afección de respeto familiar, en lugar de extrañarlo le provocaba un placer sólo experimentado antes en clase, cuando sus alumnas de la universidad le hacían preguntas entornando los ojos con descaro. Él, a cambio, también mantenía con la mujer esa distancia juguetona, y no le interesaba en lo más mínimo cambiar ese orden de cosas. Se sentía el héroe de una novela de Flaubert o de Proust.

—Supongo que puedo traerle a usted algunos borradores.

Quedaron ambos en silencio, como pensando la próxima línea de diálogo. Entonces se asomó a la puerta de la terraza una chica morena y muy atractiva, de escasos veinte años.

—Esta es Iva —dijo Saša poniéndose de pie.

La chica saludó con una sonrisa cortés y desapareció tras el cristal.

—No le haga caso —Saša volvió a su asiento—. No le gustan las visitas.

Varios días después él volvió al apartamento de Saša e Iva. Llevaba una botella de vino de Dalmacia y ambas mujeres —incluso la joven— lo recibieron con agrado. Poco a poco se fue haciendo habitual su presencia en el apartamento. Andaba descalzo por el corredor, preparaba él mismo el café en la pequeña cocina y hasta era invitado con frecuencia a ver alguna película acostado en la cama enorme entre sus dos anfitrionas, como un puesto de honor. Había algo en ese apartamento, en la terraza, en la vista de la ciudad, en el corredor en penumbras y en las habitaciones sencillamente amuebladas que lo hacía sentir en casa.

Llevaba siempre algún vino —a Iva, que había nacido en Croacia, la fascinaban especialmente los de Dubrovnik—, trozos de novela que iba escribiendo —y que ambas comentaban y elogiaban— o alguna película que le apetecía compartir con las mujeres. Fumaban mucho, mientras conversaban en el balcón hasta altas horas de la noche, bebiendo café o grapa y riendo y recitando poemas de Jelena Dimitrijević. Una noche estaban viendo *Cinco atardeceres*, de Nikita Mijalkov, los tres sobre la cama —él en el medio—, y en algún punto de la trama ambas mujeres lo abrazaron cada una de su lado. No podía haber nada más parecido a la felicidad.

Hubiera querido más, pero se conformaba. Le parecía que ambas mujeres lo apreciaban justamente porque su relación con ellas no traspasaba ciertos límites, que él no quería violentar. La vida era perfecta así, en aquel apartamento que era un refugio –el último– de todo el mundo exterior. No iba siempre a verlas. A veces dejaba pasar varios días antes de llamar o aparecerse, para no gastar su presencia, para que todo mantuviera ese estado especial de cosas de una visita ocasional. Tampoco llevó allí a nadie más. Ni siquiera a Miroslava le habló nunca de las dos mujeres y de su apartamento-refugio, de las noches de tertulia con vino de Dubrovnik, ni del deseo contenido que sentía a veces por explorar un poco más a sus anfitrionas –sobre todo a Iva–, deseo que él mantenía sometido, jugando con su propia lubricidad.

Las dos mujeres eran muy diferentes. Saša era alta, corpulenta, muy blanca, de cabello lacio rubio, ojos azules y facciones aniñadas en un cuerpo quizá demasiado masculino. Iva, por su parte, era de tamaño mediano, delgada y esbelta, morena, de rizos castaños y ojos muy grandes y cafés. A pesar de ser varios años más joven, su expresión era más dura, más adulta –se diría que agresiva– y respondía plenamente a su personalidad activa y extrovertida. Saša era más tímida, más tierna y también más tozuda. Ambas, para él, hacían la pareja ideal, y a la vez cubrían los dos extremos de un espectro de gustos muy a tono con el juego de tres que se había puesto en marcha desde su primera visita.

Un día, sin razón alguna, dejó de frecuentar esa casa feliz. Saša lo llamó un par de veces, pero él se comportaba esquivo y ausente, y entonces ella dejó de llamar. Pasó el tiempo, quizá un año, sin que volvieran a verse más que de forma ocasional en la cinemateca o en un café céntrico que ambos detestaban pues la clientela se componía esencialmente de jóvenes y aburridos esnobs. Pero incluso en esas ocasiones se saludaban distantes, y hasta evitaban estar cerca y tener que entablar una conversación formal. También un par de veces se tropezó con Iva, que andaba con un chico –quizá un nuevo amante– y le recriminó haber dejado de visitarlas. Él sólo callaba y concedía, o prometía un pronto regreso.

Ver a Iva del brazo de otro hombre le resultaba extraño: siempre la había creído la amante exclusiva de Saša, y, en cualquier caso, también su propia amante secreta. Es cierto que jamás se habían verificado ninguno de sus deseos ocultos, y que de algún modo cada uno de los tres –él, Saša e Iva– saciaban o debían saciar su libido con cuerpos reales, pues de ninguna manera bastaría con esa pasión no practicada y nefanda. Pero también es cierto que esa pasión se potenciaba con el límite autoimpuesto, creciendo y desarrollándose en las sombras de la psique, en los vericuetos escabrosos del alma, como un placer solitario. Imaginar la desnudez de las dos mujeres, la textura de la carne en el roce tras la tela, el contacto íntimo de su epidermis, sus mucosas, sus glándulas y sus fluidos, era muy superior a efectuar ese mismo contacto, a comprobar esa misma desnudez en el mundo real y público.

El juego en el que los tres se enredaban a la vez lo protegía del ridículo, de la decepción. Aunque pudiera parecer cobardía en verdad se trataba de un profundo respeto por el modo en que ese juego se le manifestaba, y se sentía incapaz de violentar esas reglas, esa inercia perfecta en la que todo parecía flotar mansamente, como en un acuario. Era un mundo perfecto, un Edén remoto, intacto y custodiado por querubines de ojos fieros.

Por eso también temía regresar. No había perdido el camino ni la fe, sencillamente a veces se creía indigno de pisar aquel suelo consagrado, esa penumbra lista para el juego de Eros. De hecho, en su interior se le mezclaban las sensaciones, los humores, las pasiones, y lo que en determinado momento podía haberle sugerido un erotismo puro se le conjugaba con el *agapé*, con la *philia* y con la *xenia*, de manera que resultaba un amor demasiado fuerte e inexplicable por aquellas dos mujeres, por aquel rincón protegido de la injuria.

Sus amores diurnos, sus amores reales, no lo saciaban ni lo estimulaban de igual forma, pero para él esto estaba en consonancia con el cariz terrenal de esas relaciones y con lo exclusivamente animal de su deseo. Lo otro era otra cosa, innombrable. Aquel apartamento del Nuevo Belgrado, con sus dos inquilinas –sus amantes–, era Dios, era una verdad absoluta, inaprensible e incognoscible.

Un día, sin embargo, se decidió al fin a llamar. Temblaba al pulsar los dígitos, y casi se arrepiente en el momento en que sonaba el timbre.

–¿Alo? –sonó una voz inconfundible.

–He terminado la novela –se apuró él a decir. Saša, al otro lado de la línea, parecía sorprendida–. Supuse que usted querría leerla completa.

–¡Cómo no! –respondió la mujer–. Igual estaba pensando en llamarlo. El viernes es mi cumpleaños. Háganos el favor de venir, de verdad.

«Háganos», había dicho la mujer, lo que significaba que todo se mantenía igual. Ella e Iva seguían viviendo juntas, y las dos lo esperaban de regreso en algún momento. El cumpleaños de Saša parecía ser ese momento, el ideal para un regreso a la Tierra Prometida.

Se apareció temprano en el apartamento. Antes de llamar al timbre contempló los alrededores durante unos instantes. Pensó en Kavafis y en el dilatado regreso a Ítaca. Presionó el botón del intercomunicador. Iva contestó del otro lado con un salto de alegría.

—¡Te estábamos esperando! —la joven croata siempre se había saltado el protocolo y lo tuteaba con desfachatez propia de su edad. Él sonrió, la voz en el intercomunicador era una brisa de verano y la promesa de una noche inolvidable.

El apartamento estaba ya poblado de gente, en su mayoría amigos de Iva. También estaba el chico con el que ella había estado saliendo. Saša estaba sentada en un rincón. Llevaba el pelo más corto, y todo el tiempo tenía que apartarse los mechones de la cara. Los ojos y los labios los tenía pintados de negro carbón. Al verlo llegar se levantó torpemente y corrió a abrazarlo. El beso se lo colocó casi en la comisura del labio.

—¡Le tengo un regalo! —dijo, y el aliento delató su embriaguez prematura.

—Yo también —respondió él agitando en una mano el manuscrito y en la otra una caja de bombones rellenas de licor.

Saša fue a su habitación y sacó un paquete envuelto en papel de regalo. Se lo puso en las manos, balanceándose como un barco en alta mar. Él abrió el paquete sin demasiado entusiasmo. Era una bufanda azul.

—¡Póngasela! Es lo que le falta para parecer una estrella de rock.

Él se puso la bufanda y ella se la acomodó alrededor del cuello. En verdad parecía algo así como un Bob Dylan de la Europa del Este. Saša lo miraba extasiada, apretando contra su pecho el manuscrito.

Los invitados los ignoraban totalmente, todos apilados alrededor de Iva. Era la chica la que se mantenía en movimiento constante, viendo que todo estuviera en orden, como un policía de tránsito. Pero a él no le interesaban los amigos de Iva, ni sus conversaciones banales. Tras intentar integrarse un rato en el ambiente, anduvo errante por el apartamento. Luego salió a la terraza, donde Saša fumaba mirando los edificios. Junto a la mujer, la caja de bombones aún conservaba algunas muestras intactas.

—Está un poco concurrido ahí dentro, ¿no? —comentó ella.

Dio una última bocanada al cigarro y lo aplastó contra el muro. Entonces pareció perder el equilibrio y se fue hacia atrás. Él la sostuvo, y de pronto tuvo la cara de Saša contra la suya, los brazos alrededor del cuerpo de ella. Sin detenerse a pensar lo que hacía le plasmó un beso en los labios. Saša pareció sorprendida o desorientada al principio, pero luego le respondió esta vez iniciando ella el beso. Estuvieron así unos segundos, con la boca del uno jugueteando con la de la otra, hasta que una sensación de extrañeza mutua los hizo apartarse. No dijeron una sola palabra, apenas se miraron con sonrojo. La mujer desvió la vista y reparó en la caja de bombones.

—¿Quiere uno? Están deliciosos.

Él agarró un confite y se lo metió en la boca sin miramientos. Saša lo imitó. Por unos instantes se quedaron en silencio, disfrutando el placer privado del chocolate y el licor mezclándose en la saliva. Luego, como de mutuo acuerdo, sonrieron al unísono, satisfechos, y sin hablar entraron al apartamento, donde Iva seguía siendo la reina de la fiesta.

Horas más tarde, cuando todos ya se habían marchado o dormían en algún rincón, él volvió a salir a la terraza. No tenía sueño, y se sentía demasiado borracho para marcharse o para tenderse a esperar que el cansancio del día lo venciera.

—¿Tampoco puede dormir? —Saša lo había seguido hasta la terraza.

—El fresco me hace bien. He bebido demasiado.

—Lo mismo digo —dijo ella agitando una botella mediada de Dubrovnik.

Se miraron como en los días de la cinemateca, en silencio, en penumbras. Él le apartó el pelo de la cara, un mechón húmedo por el sudor y el agua del lavamanos. Ella sonrió y entornó los ojos, y él miró largamente sus ojos cerrados, el maquillaje corrido que la hacía lucir como un espectro en las orillas del Leteo. Volvió a besarla, con más intensidad que en el beso anterior. Esta vez no había nada ni nadie que los apartase. Se aferraron mutuamente y comenzaron a quitarse la ropa de manera torpe y apresurada. Ella logró desembarazarlo del cinto y se abalanzó sobre su miembro aún flácido. Él se dejó hacer, mirando las luces que poco a poco se iban apagando en la distancia.

Tumbados ya en el suelo, él le bajó el pantalón hasta las rodillas. Se echó encima de ella y la penetró suavemente, pero sin rumbo. Ella gemía, pronunciaba su nombre. Él se movía encima como un adolescente que todavía no ha aprendido a diferenciar el miedo del placer.

La llamada del *SHOFAR*

Abrió los ojos. La intensidad de la luz era molesta, casi dolorosa. Entornó los ojos. A través del velo de sus pestañas vio el rostro de ella. Estaba otra vez en la celda, en la estrecha cama del convento.

–¡Buenos días! –lo saludó la voz joven y cristalina.

–¡Buenos días! –contestó él tratando de adaptar la vista a la iluminación. El rostro que tenía delante sonreía como una conflagración de la luz.

Abrió los ojos. El rostro incandescente ya no estaba allí. Tampoco estaba la pequeña cama, ni la pared blanca, la mesita con el laptop ni la silla, ni la puerta que no había cesado de retumbar toda la noche. Ya no era la celda del convento, sino su propia celda del hostal –más amplia pero igual de hermética–. Se incorporó sobre la cama y buscó a tientas el cuerpo que la madrugada había materializado junto a él. Estaba solo, en una ciudad extraña, lejos de todo lo que alguna vez había sentido suyo.

Siempre había sentido que aquello que más lo atraía resultaba lo de más corta duración y se le escurría entre los dedos como el agua de un río. Todo el tiempo llevaba, como una maldición, el recuerdo de una noche de verano en que alguien –a veces era una persona, otras un animal, o incluso un trozo de metal– llegaba hasta él y con la misma facilidad se marchaba, como el mar en la playa, y desaparecía para la eternidad.

Estaba sentado a la mesa. Miroslava terminaba de apilar los platos sobre el mantel, tras la cena. Apenas quedaba rastro del hígado en escabeche, cuando un gato blanco y negro se asomó por la puerta abierta del balcón. Él y Miroslava se quedaron mirando al gato en silencio, sin querer mover siquiera un músculo para no asustar al animal. Este, poco a poco, fue cogiendo confianza y se fue adentrando, aunque con timidez, en el apartamento. Miroslava, al ver tal descaro, no pudo resistir y corrió a agarrarlo, pero el gato huyó de su presencia de vuelta al balcón. Ella se quedó con los brazos en jarra, las manos en la cintura. Movió la cabeza de un lado a otro y se escurrió hacia la cocina.

Un poco más tarde, él fumaba sentado en el balcón. Otra vez apareció el gato y, mirándolo a los ojos, se acercó casi sin recelo. Él extendió la mano y el animal se dejó acariciar el lomo y las orejas, paseó su costado entre las piernas de él, rozándolo lentamente. Luego, el pequeño huésped no invitado le pasó por el lado y entró al apartamento, exploró cada rincón y fue a acomodarse sobre el sofá. Esto fue bastante para que él se decidiera a llamar a Miroslava, aún a riesgo de espantar al minino.

–¡Miro! –gritó intentando no hacer demasiado barullo– ¡Ven a ver al nuevo inquilino!

Miroslava se asomó desde la cocina y tuvo tiempo de ver al gato acostado sobre el sofá antes que el animal se espantase y regresara al balcón. La mujer se acercó, esta vez decidida a acariciarlo.

–¡Míralo! –decía intentando en vano no espantarlo–. No quiere nada conmigo. Sólo te quiere a ti.

–Es hembra. Mira, ¿no lo ves?

–Con más razón –por el tono no se podía saber si ella bromeaba o hablaba en serio–. No sé cómo lo logras, qué les haces.

Él continuó acariciando la barriga del animal.

—Habrá que bajarlo —dijo Miroslava seria—. Seguro que no sabe cómo hacerlo.

—¿Tú crees?

—¡Claro! Mejor lo bajas. Si no, se puede caer.

—Bueno, en fin.

Abrió la puerta y llamó a la gata. El animal seguía asomado tímidamente por la puerta del balcón.

—Mejor te escondes —le dijo a Miroslava—. Mientras te vea no querrá salir de allí.

La mujer se marchó a regañadientes. Él continuó llamando a la gata. Se acercaba a ella y la acariciaba, luego regresaba a la puerta y la volvía a llamar. Al fin el animal obedeció. Atravesó la puerta y bajó las escaleras como un bólido. Él bajó detrás, en el umbral lo esperaba la gata para que le abriera el portón. Pero no se apuró en salir afuera. Volvió a enredarse entre sus piernas, y luego trepó a un muro que se alzaba justo debajo de su balcón. Allí el animal se acurrucó, tal como antes lo había hecho en el sofá. Él la acarició por última vez, como despedida. Le dio la espalda después y subió las escaleras. Al asomarse al balcón, la gata ya se había esfumado.

La habitación del hostal se le antojaba la celda de un manicomio. No comprendía cómo había podido permanecer allí por tanto tiempo. Salió a la calle. El verano había muerto y la luz envolvía las piedras como una mortaja. La Ciudad Vieja era un prado de ruinas, que a esa hora dejaban ver sus llagas sin afeite. Un grupo de turistas fotografiaba los muros decrépitos. Apuró el paso para dejar atrás las cámaras y las sonrisas. Él no era un turista. En cualquier caso un desterrado, un Ulises sin Ítaca a la que regresar. Entró en un bar abierto a esas horas, en el sótano de un edificio que imponía sus músculos de piedra sobre los transeúntes.

El bar estaba vacío, salvo por dos o tres parroquianos que ya comenzaban a cabecear sobre las jarras de cerveza. Pidió una copa de vino blanco y unos trozos de atún en salmuera. El atún le fue cayendo en el estómago vacío como cae un pez en las redes del océano, y le saltaba entre el vino y los jugos gástricos en una danza marina bajo el sol del levante. La música de sus entrañas, casi unas ganas de vivir, le conmovió el ánimo, y se sintió urgente, eufórico. Pidió otra copa de vino, y luego otra más. De repente tuvo ganas de salir a la calle, de abandonar el bar con sus parroquianos inertes, y bailar por las calles como un atún en celo.

En la calle ya el sol comenzaba su descenso. Los turistas continuaban sacando recuerdos de las ruinas, pero él sólo veía piedras doradas por la luz del crepúsculo. Un murmullo de campanas y bocinas tensaba el aire; desde la catedral católica, desde la iglesia ortodoxa, desde el minarete de la mezquita y desde la cúpula de la sinagoga, todos los credos se llamaban a la oración. Cuando terminó el repique, aún se escuchaba un clamor de violines, acordeones y trompetas avanzando calle abajo.

Él se quedó de piedra junto a un muro blanco, una piedra sonriente entre las piedras al sol. Por la calle de adoquines iba cayendo música, traída por un grupo de *klezmorim*, todos vestidos de negro, todos con sombrero, todos cargando su instrumento y su alegría.

–¡Shalom! –gritó él cuando los músicos pasaron por su lado.

Los intérpretes fueron callando sus voces de madera y metal.

–¡Shalom! –contestó uno que llevaba un clarinete. Luego los otros se sumaron al coro.

Se quedaron un instante, contemplándose, reconociéndose mutuamente. Luego los músicos volvieron a la carga y continuaron su procesión bullanguera sobre los adoquines. Él los siguió como siguen los chicos a un coche de bodas, por sobre las calles de piedra y ruinas de la ciudad vieja. Tocaban una canción muy vieja que él reconoció enseguida, una copla en djudezmo que solía cantar una de sus abuelas. La letra, en una lengua olvidada, aún le venía a la memoria:

Ija mía, mi kerida, no te eshes a la mar/
Ke la mar sta en fortuna, mira ke te va yevar.

Calle abajo la música rodaba como un trueno, y él seguía ese clamor con la mente nublada de recuerdos.

Tenía once años y la vida aún parecía una juguetería adornada de guirnaldas. La casa de sus abuelos maternos estaba repleta de gente, con toda la familia reunida. Allí estaban sus padres, sus tíos, sus primos, llegados de todos los puntos de la ciudad y reunidos para un día de fiesta. El abuelo estaba feliz de ver a sus hijos, la abuela disimulaba su tristeza perenne, ocupada en las labores de la cocina.

Los hombres, en un rincón, bebían y hablaban de política, mientras las mujeres alistaban la mesa y comenzaban a servir las fuentes de comida. Él jugaba con sus primos, muy cerca de donde los hombres conversaban.

—Los eslovenos están un poco revueltos por estas fechas —decía uno de los tíos, el hermano mayor de la madre.

Él aguzó el oído, sin apartarse del juego. Le llamaban la atención las charlas de los adultos, sobre todo cuando estas trataban de la realidad nacional.

—Es comprensible —comentaba el padre—. Con Drnovšek se sienten al fin representados.

—Bueno —intervenía otro de los tíos—, Tito era esloveno por parte de la madre. ¡Si hasta fue a morir a Ljubljana!

—¡Tonterías! —volvió a la carga el tío mayor—. Esos lo que buscan es la independencia.

–¿Y qué vas a hacer? –replicaba el padre–. Que cada cual haga lo que le parezca.

–¿Estoy oyendo bien? ¿Quieres que destrocen nuestra república?

–Nada más lejos, pero si los eslovenos quieren ser independientes...

–Sí, claro, mejor los dejamos ir. Y también a los croatas, y a los bosnios, y a los macedonios.

El tío mayor se identificaba a sí mismo como serbio por encima de todas las cosas. Incluso se avergonzaba un poco de su origen hebreo. El pequeño, dejando a un lado el juego, observó a su padre. Esperaba de él una respuesta contundente.

–¿Y qué propones? ¿Una limpieza étnica?

El tío enrojeció de furia.

–¡Pues la tendrían bien merecida! ¡Fueron ellos los que la empezaron, eslovenos y croatas! ¡Ustachas! ¡Fascistas!

–Stefa –intervino el otro tío–, cálmate. Te estás pasando.

–¡No me digas que me calme! –el tío mayor tenía los ojos inyectados de sangre por el alcohol– ¡Este no sabe lo que dice! ¡A todos esos independentistas habría que matarlos!

Los otros hombres quedaron sin saber qué decir. Una voz de mujer rompió el silencio.

–Sí, claro, ¡Mátenlos a todos!

Los hombres se voltearon. Entre ellos apareció la figura menuda de la abuela.

–¿A quién le importa? ¡Mejor deshacerse de ellos! ¡Borrarlos del mapa, como en Salónica!

El tío mayor bajó la cabeza.

–Mamá, perdone. No quise decir...

La anciana no esperó el final de la réplica. Dio la espalda y regresó a la cocina, tal como había llegado.

El pequeño no entendía lo que pasaba. La madre se acercó y reprendió a su hermano.

—¿Por qué tenías que hablar? ¿Acaso se te olvidan tus orígenes?

El tío no respondió, ni levantó la cabeza. Los otros cambiaron el tema y el ambiente se fue calmando. Más tarde, el pequeño se acercó a la madre. El impacto de la discusión no lo dejaba pensar en otra cosa.

—Mamá, ¿qué es Salónica?

La madre lo miró seria.

—Es la ciudad donde nació tu abuela, donde vivían sus padres y toda su familia…

El niño seguía sin entender.

—Mejor le preguntas a tu padre —dijo al fin la mujer y se alejó.

Él se quedó un rato pensando. Su padre seguía en un rincón acompañado de los otros hombres, hablando y bebiendo. El pequeño dudó en acercarse, y prefirió ir hasta la cocina. La abuela, inclinada sobre el fogón, cantaba en voz baja y lastimera.

Ija mía, mi kerida, no te eshes a la mar…

La banda de músicos errantes fue recorriendo las calles hasta el borde del río. Allá el Puente Latino dejaba pasar la luz y el agua en una acuarela de tonos rosáceos y brillantes. Sobre el puente, le pareció divisar una figura joven de mujer, con el pelo suelto y rubio ondeando en la brisa. La joven miraba al río, como buscando algo que ha caído al agua y que se cree perdido para siempre. Él creyó reconocer en la figura un halo de luz croata y una sonrisa triste. Corrió tras la visión, mientras los *klezmorim* seguían su curso por la calle y se alejaban del puente.

Corrió tras la chica, que ya dejaba su contemplación del agua y se perdía del otro lado de la ciudad. Casi sin aliento cruzó las piedras del puente, tras la sombra rubia que no se detenía a mirar atrás. Un tranvía se interpuso cuando ya casi le iba dando alcance. La carga de los vagones llenó la calle de cuerpos sin color que regresaban a sus celdas habituales. No había nadie más allá, la chica ya se había perdido, confundida entre la multitud y las luces de flúor que comenzaban a engañar la noche.

Caminó otra vez sin rumbo, por el laberinto de calles y gente. Pasó la calle donde las prostitutas se peleaban su vigor y su cartera. Una puta joven y rubia se le acercó y le plantó un beso en la boca. Él no supo qué hacer, más que seguir caminando sin volverse atrás, donde las mujeres dueñas de la calle y los transeúntes le gritaban burlas y reían. Sin saber cómo llegó a una parte de la ciudad que sólo conocía por las fotos en la prensa. La Avenida de los Francotiradores ya no era el montón de escombros sobre el que los peatones se jugaban la vida. Las rosas de resina se difuminaban bajo el paso del asfalto. La memoria de la guerra era otra fila de cadáveres sepultos por una ciudad que no quería recordar la muerte.

Llegó a la altura de un edificio cuya planta baja estrenaba un restaurante de lujo. Un actor de moda se bajaba de un automóvil y saludaba a la muchedumbre histérica. El flash de las cámaras ahogaba los gritos. Él pasó de largo, esquivando el grupo. Iba mirando hacia arriba, vigilando los tejados, con la certeza de que algún Gavrilo Princip todavía aguardaba en silencio el paso de la carroza imperial. Ya a nadie parecía importarle el pasado. La muchedumbre saludaba con furia las luces ciegas del presente.

Llegó a la orilla del Miljacka. El agua era un reptil oscuro y pestilente. La luz del día se perdía tras las colinas, y una niebla implacable echaba su manto sobre los edificios. Se recostó sobre la tierra pedregosa y cerró los ojos. Quería parecer un cadáver, un ahogado fresco vomitado por la corriente. De pronto sintió que algo le lamía los párpados. Abrió los ojos. Un perro callejero lo bañaba con su lengua húmeda y amistosa. Irguió el torso. El perro se alejó unos metros, pero luego regresó tímido y se puso a lamerle las manos. Él acarició la cabeza velluda de color del fango pedregoso.

—¡Hola! —dijo mirando a los ojos del perro, unos ojos luminosos de abismo negro—. ¿Cómo te llamas? ¡Qué pregunta! ¡Los perros no tienen nombre si no tienen dueño!

El animal movía la cola comprensivo. Se veía limpio y cuidado. Quizá estaba perdido o había escapado de los brazos de un niño. Él le acarició el cuello sin correa. No parecía ser el perro de alguien. Era tan sólo otro habitante de las ruinas.

El timbre del móvil chilló desde el bolsillo. La voz de Dragan aullaba del otro lado de la línea.

—¿Se puede saber dónde estás? ¡Habíamos quedado a las cinco!

Suspiró. La vida cotidiana se empeñaba en sacarlo del lecho del río.

—Lo siento —musitó—. Estoy cerca de la Avenida de los Franco-tiradores, del bulevar Zmaja.

—No te muevas de ahí. Enseguida llego.

El auto de Dragan apareció en pocos minutos. El agente salió a la calle y se puso a buscarlo en todas direcciones. Él se puso de pie, sobre las piedras de la orilla. El perro meneó la cola inquieto.

—¡Pero mira qué facha traes! —gritó Dragan al verlo levantarse—. Eres inaudito, ¡inaudito! ¡Ahora tendremos que regresar al hostal!

No respondió. Marchó hasta el auto cabizbajo, esbozando una sonrisa leve. El perro lo siguió de cerca.

—Veo que has hecho nuevos amigos —dijo Dragan al ver al perro—. ¡Fuera, chucho, aquí no se te ha perdido nada!

—Déjalo —replicó él abriendo la portezuela del auto—. Es sólo un perro sin dueño.

Se montó en el asiento trasero y cerró la puerta. El automóvil se puso en marcha. El perro se mantuvo en su sitio sin dejar de menear la cola, hasta que la máquina se perdió de vista entre los edificios.

Salónica, la antigua ciudad macedonia junto al mar. También una vez fue llamada «Jerusalén de los Balcanes» por la cantidad de judíos sefarditas que en ella habitaban, tantos que eran mayoría. Y casi toda esa población judía, el corazón de la floreciente Salónica, había sido exterminada por los alemanes en 1941. Muy pocos habían sobrevivido la matanza, y menos habían regresado a la ciudad tras la guerra, después de padecer la muerte en vida de los campos de exterminio.

El nombre de Salónica se le había quedado grabado para siempre desde el día en que conoció la historia de la abuela. Y ese nombre le venía a la mente junto a una foto de la mujer, la madre de su madre, cuando niña: una pequeña enclenque de ojos saltones, recién salida del campo de Auschwitz-Birkenau. Con el tiempo esa fotografía se le iría desdibujando, hasta coincidir casi con la imagen de una fotografía de Ana Frank que había visto siendo adolescente, una imagen de la que se había enamorado.

Así que Salónica, Ana Frank y su propia abuela le tocaban fibras sensibles de sus entrañas, todas mezcladas en una pasión innombrable que lo hacía buscar en todas las mujeres esos ojos desaforados, ese dolor arraigado en los huesos. A todas sus amantes les recitaba la letra de una vieja canción sefardí que había servido de himno a los deportados, y por la reacción de cada una podía medir la magnitud de sus propios sentimientos por ellas. «*Arvoles yoran por luvyas*», les decía, «*i muntanyas por ayres. Ansi yoran los mis ojos, por ti kerida amante. En tierras ajenas yo me vo murir*». Si la amante lloraba ante esas palabras desconocidas e incomprensibles, él la abrazaba y lloraba junto a ella, y terminaban los dos haciendo el amor de un modo terrible: triste pero intenso, desconsolado y desgarrador. Si la mujer de turno respondía fríamente, o no se daba por enterada, él dejaba la cosa ahí, sin más mención, y al día siguiente cortaba sus lazos con ella sin que mediaran explicaciones.

El agua de la ducha poco a poco fue borrando el olor a fango pútrido. Emergió del baño envuelto en la toalla blanca, como un sudario. Se vistió con ropa limpia. Después de abotonarse la camisa sacó de la nevera una botella de vino que había comprado la noche anterior. Aún le quedaba contenido para llenar un vaso. Afuera Dragan esperaba impaciente. «Que espere», pensó mientras servía el vino. Se acercó el vidrio a los labios. El alcohol le ardió sobre la piel cuarteada.

Salió a la calle, donde lo esperaba el agente. Dragan lo miró con reproche y subió al auto sin hablar. Él se tomó su tiempo, miró primero el enjambre de luces que pugnaba con la oscuridad del cielo. Sintió el aroma cálido de los garbanzos y los pimientos rellenos. El trago de vino le había cicatrizado el paladar, y ahora sentía sed, y hambre y sueño.

El automóvil abandonó el hostal, se internó por las callejuelas de piedra rumbo al asfalto. Cruzaron un puente que pastaba quieto sobre las aguas. Atrás quedaba la ciudad de ruinas. Por la orilla del río, en la antesala de la ciudad vieja, aún se escuchaba el barullo de trompetas y acordeones.

Leviatán

Pasaron dos semanas desde la última vez que había visto a Saša, la noche de su cumpleaños. No sabía cómo enfrentarse a ella después de lo ocurrido y, sobre todo, no se sentía cómodo ante la idea de cruzarse con Iva. Así que decidió hacer lo que solía en esos casos: alejarse, desaparecer y dejar pasar el tiempo. También aprovechó ese descanso para volver los ojos nuevamente a Miroslava, con quien tenía ciertas cuentas pendientes y pasaba una de esas temporadas yermas y cargadas de incertidumbre. Sin embargo, el recuerdo de Saša era algo de lo que no se podía desembarazar tan fácilmente. Y un día, de manera inesperada, ella lo llamó.

–Necesito verlo –dijo en un tono raro–. ¿Quizá podría usted pasar por casa en la tarde?

Él tenía otros planes, pero no quería ser descortés. Siempre quería buscar la manera de quedar en paz con todos, aunque él quedara mal parado.

–Tengo esta tarde una lectura –dijo–. A los editores les ha encantado la novela. Quieren publicarla.

–¡Eso merece una celebración! –brincó ella de alegría al otro lado de la línea.

–Sí, bueno. Quizá usted podría pasar por la lectura. Es en la facultad.

Ella cambió el tono.

–Lo siento, tengo un compromiso, no sé si deba… Pero puede usted pasar por casa cuando termine. Entonces celebraremos.

Él colgó el teléfono con la sensación de que sus planes se le agriaban. De cualquier modo pensaba dejarse llevar por los acontecimientos, sin hacerse una idea fija de nada. Ya se veía a dónde lo llevaban sus pasos. Al fin y al cabo Miroslava se había marchado nuevamente, por no se sabía cuánto tiempo, y él se sentía impelido a salir a buscar alguien nuevo, alguien desconocido. Esto eliminaba a Saša *de facto*, pero algo en el tono de su voz lo seducía a la par que lo conminaba a complacerla. De alguna manera estaba en deuda con ella y con su redil bienaventurado.

Uno de los personajes cuya historia más lo conmovía y a la vez lo atormentaba era el Job de las escrituras, con su fe inquebrantable y su infinita paciencia ante las pruebas a que Dios lo sometía. El una vez boyante pastor lo había perdido todo, familia, bienes y salud, tan sólo porque Dios quería demostrar la sumisión del hombre ante su ángel acusador. Pero Job se había mantenido firme, loando a su señor, sin reprocharle nada. Esta historia le parecía el retrato más fiel y más terrible de la condición humana, y lo tocaba muy de cerca también porque ese papel de Job había sido representado más de una vez en la historia de su familia.

Su padre, un académico de cierto renombre, se había visto en su momento atacado por personajes mezquinos que envidiaban su posición, de tal modo que se había formado una conjura para destituirlo, alegando cierta falta de integridad política. Esto, por supuesto, no era cierto, y en cualquier caso era raro que en la antigua república federativa las autoridades hicieran oídos a tales difamaciones, como sí ocurría en Checoslovaquia, en la Alemania del Este y en otros lugares. Pero el caso es que los enemigos del padre se habían salido con la suya y habían logrado ponerlo en entredicho, de forma que su estatus social se vio afectado seriamente y, por supuesto, también lo fue su posición económica. Más tarde llegó el desgajamiento de la república, la guerra y la pérdida de familiares y seres queridos. Su padre, a regañadientes, había tenido que servir, en tanto reservista, en el ejército que pretendía defender la integridad territorial de la república contra la secesión. Todo lo hacía por amor a su mujer, y esta, a la larga, lo había abandonado y se había llevado consigo a su único descendiente. Sin embargo, el padre, aun cuando los golpes de la vida lo habían hundido en un feroz alcoholismo, había continuado siendo fiel a sus principios y al amor que le profesaba a la madre de su hijo.

Pero aún más descorazonadora le parecía la historia de su abuelo. Este, en el año 41 contaba escasos quince años, y cuando la invasión alemana estaba a punto de ocupar una posición de importancia en el negocio paterno, un floreciente comercio de importación de telas venidas de Turquía. Ante la ocupación había decidido enrolarse en la guerrilla partisana, movido por un hondo sentimiento patriótico, y en una escaramuza en las inmediaciones de Voivodina había caído prisionero junto a otros guerrilleros del grupo de Koča Popović. Su condición de judío, sin embargo, lo había puesto en una situación más penosa que sus compañeros, y poco después de su captura había sido trasladado al campo de exterminio de Sobibor. Sin embargo, allí su juventud le había valido la simpatía de los otros prisioneros, quienes se las habían agenciado para que el chico se librara en varias ocasiones de ir a parar a la cámara de gases. Unos meses después de su llegada al campo, en 1943, había aprovechado una fuga masiva de prisioneros para hacerse él también camino a la libertad. Se había perdido en los bosques, y al final había hallado una línea férrea que decidió seguir hasta su término, con tal suerte que, tras varios días de caminata sobre los rieles, medio muerto de hambre, sed y frío, había llegado a Belgrado, sólo para encontrar la casa familiar destruida y vacía, el negocio de importaciones desahuciado y sus padres y hermanos desaparecidos. Una sola idea lo había hecho resistir el trayecto: la posibilidad de reencontrarse con su antigua novia de la infancia, la futura madre de sus hijos.

Se vistió con la solemnidad de un novio el día de la boda, sólo le faltaba el clavel en la solapa. Se puso la bufanda azul sobre la camisa blanca, como un colegial dispuesto. Salió a la calle y atrapó el tranvía en el momento en que la máquina ya se ponía en marcha. El aire era tranquilo, y el cielo sobre la ciudad era de un azul sin mancha. Belgrado resplandecía bajo un sol de invierno, las calles limpias, libres de nieve.

En la facultad ya lo esperaban. Allí estaban el editor, su agente Dragan y una joven, llamada Nikoleta, que fungía como presentadora de la sala. Él ya había visto a Nikoleta un par de veces, incluso en una fiesta del claustro había llegado a besarla, ambos borrachos, en el baño de la facultad. Ella lo recibió con una sonrisa y lo guió a la mesa donde habría de efectuarse la lectura. La sala estaba llena de estudiantes, algunos del curso que él impartía, y algún que otro frecuentador de tertulias amante de las citas literarias.

Él se sentó en el centro de la mesa. De un lado el agente y el editor, del otro Nikoleta y el decano. Las manos le sudaban, y el papel impreso se volvía una pasta pegajosa mientras pasaba las hojas. Nikoleta presentó a los participantes de la mesa, mientras una joven de la administración les servía vino en copas. Luego el decano hizo un discurso sobre el talento. Él apuró la copa de vino y la sangre se le agolpó en las mejillas. El editor, tras las palabras del decano, elogió la prosa cuidada y el pulso firme de la narración. Él vació la copa y miró suplicante a la chica del servicio para que rellenara el vidrio vacío.

El aplauso tras la lectura. Las estudiantes le hacían guiños desde el público, entornaban los ojos, se relamían en silencio. Él ya podía mirar a la audiencia. Se secó el sudor de la frente y suspiró aliviado. Los otros volvieron a hablar, corroborando el éxito que corona la obra. Al final Nikoleta propuso un brindis colectivo para cerrar la tarde.

Cada cierto tiempo, no podía evitar dejarse seducir por sus más bajos instintos, meterse en problemas, sucumbir a la *hybris* y luego arrepentirse, padecer por un tiempo –a veces durante semanas– esa sensación de la carne manchada que no se purifica por más que se la lave, como las manos de Lady MacBeth. Pero era como si bajo su naturaleza dócil y retraída se ocultase otra más violenta, casi suicida, incontrolable. Y esa naturaleza se desataba a ratos, cada vez que bebía de más, o cada vez que la anhedonia de la vida cotidiana llegaba a un límite que lo hacía perder el control de sus actos. Y entonces se iba a la calle, se metía con las mujeres en los sitios públicos, iba a dar con sus huesos en los antros más terroríficos, en los barrios más insalubres. A veces ni siquiera recordaba cómo había llegado a esos extremos; a veces, por el contrario, lo recordaba todo, y ese recuerdo lo atormentaba durante varios días, hasta que lograba expiar toda la falta cometida contra su ideal de pureza, contra su personalidad soñada.

Entonces, mientras expiaba, se sentía como Job, cubierto de llagas, abandonado por todos, viejo y miserable. Se recluía en su apartamento por semanas enteras, y cuando volvía a salir a la calle los pies y los hombros le pesaban, tenía miedo de la luz y de la gente. Luego de la expiación se comportaba como un santo, declinaba invitaciones tentadoras sólo por un sentido del deber moral más fuerte que él mismo. Sin embargo, ni siquiera así lograba sentirse limpio, en gracia, y cargaba todo el tiempo a cuestas su tristeza y su conciencia poluta.

–¿Qué haces luego? –preguntó la chica acercándose con su copa de vino.

Él la miró. Recordó la fiesta del claustro y cómo la embriaguez les había privado de concretar el encuentro.

–No sé. Tengo una cita, pero estoy pensando en faltar.

Entonces apareció Dragan, acompañado del editor.

–Aquí nuestro mecenas nos invita a una fiesta en su casa –comentó Dragan saboreando el vino. El otro asentía con los ojos entornados tras los anteojos.

–¡Fantástico! –exclamó Nikoleta–. Pero nuestro escritor tiene una cita.

Dragan frunció el ceño.

–¿Es cierto eso? ¿Una cita?

–No es nada… –de pronto se sintió incómodo, expuesto.

El agente sonrió y le dio con el codo al editor.

–¡Vamos, vamos! ¡Una cita! ¿Qué mejor cita que una reunión de amigos y unas buenas botellas de brandy? –luego señaló a Nikoleta–. Y, por supuesto, en compañía de nuestra hermosa presentadora.

Nikoleta sonrió avergonzada. Él no supo qué decir, y se limitó a asentir y a dejarse llevar por la corriente.

Cogieron un taxi a la salida de la facultad. Dragan se sentó delante y el editor ocupó una esquina del asiento trasero. La chica ocupó el otro espacio y se apretó contra el otro para dejar sitio. Él dudó entre subir al auto y salir corriendo, pero Nikoleta le agarró la mano y de un tirón lo introdujo en el asiento. Ella iba casi sobre él. Podía sentir el cuerpo muelle y terso a través de la falda. No pudo evitar una erección, que Nikoleta notó con una sonrisa.

–¡Vamos primero a cenar algo! –propuso Dragan, y todos asintieron.

El taxi los dejó frente a un restaurant del centro. Los cuatro bajaron como viejos amigos. Nikoleta le agarró el brazo y apoyó la cabeza sobre su hombro.

Cenaron y bebieron más vino entre risas. Nikoleta, a su lado, le acariciaba la pierna con el pie por debajo de la mesa. Los otros dos bromeaban sobre el tiempo y las últimas noticias. Él callaba y sonreía, concentrado en el juego de caricias ocultas bajo el mantel. Mientras esperaban el postre Nikoleta se excusó para ir al tocador. Él fue tras ella, y tras una breve indecisión abrió la puerta del baño de las damas. La mujer lo miró sorprendida.

—¿Qué haces aquí? —dijo.

—Te seguí. ¿Acaso no era lo que querías?

Él se acercó y la abrazó. Ella se dejó besar, pero su cuerpo estaba tenso. Él metió la mano bajo la falda, apartó las bragas y acarició el clítoris. Nikoleta lo rechazo de golpe.

—¡No! ¡Aquí no!

Lo miró con ojos severos, de una profundidad desconocida. Había algo detrás de esos ojos que él desconocía. Ella frunció la mirada.

—No recuerdas nada, ¿verdad?

—¿Nada de qué?

—La otra vez, en la facultad, el día de la fiesta…

Él descubrió que un halo negro envolvía su memoria de aquella noche. Recordaba momentos sueltos, flashazos, pero presentía que habían ocurrido muchas cosas que no lograba recordar.

—¿No lo recuerdas? En el baño…

Nada. Lo único que recordaba es que se habían ido juntos a la sala de baños, que allí se habían desnudado a medias, pero él estaba demasiado borracho y, aunque logró penetrarla, no había podido mantenerse dentro. No recordaba nada más. Sin embargo, sí, era posible que hubiera algo más, algo que su mente había borrado por completo y que ahora se le insinuaba como una sombra aterradora. Abrió los ojos y puso la expresión más desconsoladora de la que era capaz. Ella lo miró enternecida, le acarició la mejilla con suavidad, casi con lástima. Salieron juntos del baño, ella agarrada a su brazo.

Al terminar la cena, Dragan pidió la factura y dijo que todo corría por su cuenta. Era también su triunfo, y merecía celebrarlo. Salieron del restaurant eufóricos, listos para una noche de fiesta. En el momento de atravesar la puerta, Nikoleta se quedó inmóvil. Un hombre la miraba fijamente desde la acera. Dragan y el editor se miraron asombrados.

—Es mi novio —dijo la mujer en voz baja y caminó hacia el hombre con pasos de plomo.

Los otros se quedaron en silencio. Nikoleta y el desconocido se alejaron y comenzaron a discutir. Dragan miró a sus acompañantes con cara de sorpresa.

—¡Bueno, sigamos la fiesta! —dijo encogiéndose de hombros.

El editor asintió mientras limpiaba sus anteojos empañados. Él dudó un instante.

—No —exclamó al fin—. Vayan ustedes. Yo tengo una cita.

Dragan y el editor lo miraron con cierto reproche. El agente volvió a encogerse de hombros. Él se alejó lentamente y detuvo un taxi luego de avanzar unos metros.

Pero el apartamento de Saša e Iva era como un templo, un sitio de paz, donde se expiaban todas las culpas. Allí no se sentía juzgado, y podía ser él con libertad, o al menos, podía ser la persona que siempre había soñado, el «yo» que toda su vida había intentado construirse. Por eso a veces no se sentía digno de pisar ese suelo, de atravesar esa puerta, con el arcángel de espada de fuego que guardaba la entrada. Sin embargo, lo necesitaba, quería poder ir allí, recibir ese perdón, esa gloria. Todo lo demás era dolor, y aquel apartamento tenía el poder de curarle las heridas.

Se bajó del taxi a unas cuadras del edificio. Compró una botella de vino y marcó el número de Saša en el móvil.

—¿Aló?

—¿Saša?

—No, es Iva. ¡Cuánto tiempo!

—Sí, lo sé. Saša me llamó esta mañana…

—Sí. ¿Vas a venir?

—Eso creo. Estoy cerca.

—Aquí te espero. Saša no ha regresado, pero estoy yo.

«Pero estoy yo». Le gustó como sonaba esa frase. Siguió caminando con una sonrisa en los labios.

Iva le abrió la puerta. Llevaba puestos un jersey holgado y unos pantalones de pijama. El apartamento estaba en penumbras.

—¡Así que has decidido regresar con nosotras!

Iva abrió la botella y sirvió dos vasos. Le ofreció uno y caminó hacia su habitación. Él la siguió. La chica se sentó sobre la cama, con la espalda apoyada en la pared, y le ofreció asiento a su lado.

—¿No es maravilloso? —dijo ella tomando un sorbo de vino.

—¿Qué?

—Esto. La celebración de la vida —alzó el vaso. La luz de la tarde iluminó el contenido.

Él asintió y bebió también un sorbo. No sabía qué decir, y se limitaba a asentir con monosílabos. De pronto Iva se balanceó hacia adelante.

—Saša llegará en cualquier momento. ¿Quieres darte una ducha?

Declinó la oferta. No entendía el motivo de la pregunta. Iva continuó hablando de lo bien que se sentía. En un momento se levantó de la cama y puso música en la reproductora. Un grupo croata cantaba sobre el amor y la pasión de estar vivo. La chica musitó una parte de la letra.

—Parece que hablan de una chica —dijo mientras seguía el ritmo con las manos sobre el vaso—. ¡Pero en realidad hablan de las drogas!

Él pensó en el significado de esas palabras.

—El amor es una droga —exclamó.

—Sí. Una muy fuerte.

Iva terminó de un trago el vaso y se levantó a rellenarlo. Comenzó a bailar frente a la cama, con la botella en la mano. Él la miraba desde la cama, la piel tostada, el pelo castaño y rizado cayéndole sobre los hombros, dorado por el sol. En ese instante se escuchó el ruido de la puerta. Saša se asomó a la habitación.

—¡Ah! ¡Está usted aquí! Creí que no vendría.

—¡Claro que vino! —exclamó Iva sin dejar de bailar.

Terminaron de ver una película. Él, como siempre, en el medio de las dos mujeres. De repente, como de mutuo acuerdo, Saša apagó el equipo e Iva la lámpara. Quedaron a oscuras, los tres sobre la cama, él en el centro. Iva se acurrucó en su brazo. Él entendió todo el misterio. Buscó a tientas el rostro de Saša, la acarició y la besó en la boca. Iva sonreía a su espalda. Él se volvió y la besó a ella también. Palpó sus pechos a través del jersey, se sentían muelles y redondos, hermosos al tacto. Metió la mano debajo de la tela, para experimentar la carne en vivo. Saša le acariciaba la nuca y apretaba el pubis contra su espalda. Las dos mujeres, como parte de un plan preconcebido, lo desnudaron casi de forma ritual.

—¡Saša, trae el aceite! —gritó Iva al tiempo que se levantaba y encendía unas velas.

La otra obedeció y de un cajón extrajo un frasco ámbar. Se desnudaron y comenzaron a ungirlo suavemente. Él se sentía un antiguo rey del Levante, incluso creyó escuchar música de salterios. Pensó en Salomón, en el olor de los cedros del Líbano. Todo era como escrito mucho tiempo atrás, con palabras en desuso. Los senos de Iva eran como gacelas correteando libres por un prado dorado, y los de Saša como palomos sobre las torres de Jerusalén. Ellas abrevaron entre lirios, y el nardo silvestre enrojecía y sahumaba el aire de incienso penetrante. Y fue él al huerto de Iva, y comió su fruto, y compartió con Saša la miel y la mirra. Luego acostó a Iva sobre el lecho, y sirvió vino en su ombligo, y bebió del tazón redondo y profundo. Iva era inquieta, como una gacela, difícil de domar y más aún de complacer. Pero él dio de sí todo, se dio a sí mismo, incluso, y ella al final gimió hasta el gozo, a horcajadas sobre él.

—Ahora falta Saša —dijo la joven yendo a besar a la otra.

Y él se volcó sobre el cuerpo rubio, y besó sus rincones, y entró a ella mientras Iva lo empujaba lamiendo sus espaldas. Los tres entrelazados se mordieron la carne hasta las lágrimas. Él se movía lento como un barco de roble en el puerto de Ascalón. Saša agradecía sus embates, y lo recibía como el cordero al cuchillo afilado del *shojet*. La sangre ámbar se vertió por las columnas de sus piernas, y Saša dio un grito que despertó a los ángeles en todos sus reinos.

Luego Iva se montó sobre Saša, columpiando su cuerpo moreno sobre la otra piel rubia. Él besaba una y otra boca, acariciaba unos y otros pechos. Se emplazó a espaldas de Iva y otra vez penetró el túnel mullido y húmedo, y con fuego recorrió el pozo de fuego, hasta que su óleo blanco se derramó en el fondo de ese pozo.

—¡Soy el rey de Israel, tu siervo! —gritó a la luna— ¡El rey de los judíos!

Los tres se recostaron como un solo cuerpo hecho jirones, sudados y jadeantes. La luna parpadeaba más allá de las ventanas.

La madrugada era larga. Ninguno tenía sueño. Cuando sintió que el cuerpo estaba renovado, él volvió a cabalgar sobre Iva. Eran los dos como cabras en un monte de nervios. Como un ariete él embistió los muros de ella. Jericó temblaba ante el sonido de trompetas. La chica le pidió que se derramara en su ombligo y él así se lo concedió. Entonces buscó a Saša, pero ella no estaba. En algún momento de la última cabalgata los había dejado solos en la habitación.

Iva fue a ducharse. Él dudó en seguirla. Caminó desnudo por el corredor a oscuras y encontró a Saša en la otra habitación, arropada con un albornoz. La mujer tenía ante sí una estilográfica y un cuaderno.

–¿Qué hace? –le preguntó.

–Oh –respondió ella–, sólo escribo algo que no quería olvidar.

Él fue hasta la cocina y volvió con una botella de vino salida de la alacena.

–¿Ha leído usted esto? –preguntó Saša hojeando un libro con forro de cuero negro.

–¿Qué es?

–El *Libro de Job*. Hay un pasaje que siempre me ha hecho meditar.

Reconoció entonces la biblia por sus bordes dorados y la tipografía a dos columnas. Saša leyó:

¿Sacarás tú al leviatán con el anzuelo, o con la cuerda que le echares en su lengua? ¿Pondrás tú garfio en sus narices, y horadarás con espinas su quijada? ¿Multiplicará él ruegos para contigo? ¿Hablaráte él lisonjas? ¿Hará concierto contigo para que lo tomes por siervo perpetuo?...

Pasaron los días. Pocas noches dejaba él de acudir a esa fiesta de la carne, ahora que había encontrado su fe y su templo. Una tarde llegó al apartamento y lo recibió Iva con un beso en la puerta. Estaba sola y alegre de verlo. Él la abrazó y la besó. Ella lo condujo hasta su habitación. Se echaron sobre la cama y se lamieron mutuamente. La chica recibió la pierna de él entre sus piernas, y pulsó el pubis contra su muslo. La vulva tras la tela se erizaba y el glande hacía lo mismo por su parte. Él intentó zafarle el cinto. Ella lo rechazó con una sonrisa.

–Espera. Sin Saša no tiene sentido. Este es un juego de tres.

La otra llegó un rato más tarde. Cenaron sopa de tomates y una ensalada con queso de cabra. Luego fueron a la habitación, a la cama grande, y repartieron el vino y el aceite hasta que el sol volvía a la octava *sefira*.

No siempre se quedaban en el apartamento. A veces Iva, más pública, salía con él mientras Saša se quedaba en casa leyendo. Otras veces se encontraban los tres en la cinemateca o en algún bar, lugares de los que salían apurados en busca de la intimidad del hogar. En la calle no podían comportarse como lo hacían en casa, no había besos ni cuerpos entrelazados. Ante la gente eran sólo amigos, y se mantenían a distancia célibe.

Un día él fue con Iva al concierto de un cuarteto de cuerdas, en una sala pequeña del centro. Allí reconoció a algunos compañeros de trabajo y a amigos de otros tiempos, pero los saludó desde lejos, desde la distancia en la que se refugiaba junto a Iva, apartados de los demás. No tenía miedo de ser visto, incluso le agradaba la idea de exhibirse junto a la chica, joven y atractiva. Se dio cuenta entonces de lo mucho que ella le gustaba, y de cuánto hubiera querido poseerla por completo, poder besarla y abrazarla libremente, en cualquier circunstancia. Pero Iva era demasiado independiente para ser de nadie, ni siquiera era de Saša, y se atenía estrictamente a la regla principal del juego. Así que allí estaban, uno junto a la otra, en una esquina de la sala, en la penumbra, y no obstante sus cuerpos eran dos cuerpos separados más por una virtud respetuosa que por el espacio entre ellos.

En un momento, a mitad del concierto, él no pudo evitarlo y agarró la mano de ella por debajo del brazo de la butaca. Ella correspondió al gesto, pero sin mirarlo, con naturalidad. Él la miraba de reojo y sonreía por dentro, satisfecho de ese abrazo mínimo.

Eran muy diferentes. Sin embargo, él la sentía complementaria. Le gustaba, además de su belleza joven, la energía que emanaba de sus poros, la fiereza con la que ella se enfrentaba al mundo. A él lo divertían mucho las conversaciones con la chica, aun cuando sus posiciones fueran diametralmente opuestas —ella era de un radicalismo militante, que incluso la ponía a la defensiva ante la esencia judaica, agnóstica y anárquica de él—. También le agradaba hablar con la chica en francés, aunque ella no fuera demasiado diestra en esa lengua. Lo hacía sentir que compartían un vínculo secreto, una pasión nefanda por las lenguas romances, y en especial por la de *oil*. Hablar en francés con Iva, mientras degustaban vino blanco de Dalmacia, era como practicar un sexo invisible, y aun violento, incluso cuando discutieran sobre la revolución, la lucha armada o el Estado de Israel. Por eso le resultaba suficiente ese ligero apretón de manos en la penumbra. A través de la palma sentía su calor, su sangre urgente, su carne tersa y compacta.

A la salida del concierto anduvieron por entre un mar de gente, en el reino de la noche. Iban como palomas dueñas de las plazas. Tomaron un taxi y se bajaron cerca del apartamento, junto a un mercado, para comprar vino y cigarros. Iva se movía como un ave en libertad, y el la seguía ciego, atado a ella por una cadena que sólo sus ojos podían ver. Luego, camino a casa, apertrechados de todo, pasaron cerca de la sinagoga nueva. Él hizo una reverencia imperceptible, y ella, sin notarla, hizo un gesto como si lanzase una granada y sonrió. No le importaba nada. Él sonrió también.

Una vez resguardados por la paz del apartamento, cenaron juntos, entre bromas y miradas cómplices. Bebieron el vino y aspiraron el humo de los cigarros. Saša también estaba feliz. Pronto fueron a la alcoba, y, como cada noche juntos, hubo danza de cuerpos y lluvia de fluidos. Se batieron carne con carne sin cuartel hasta que las luces anunciaron la pronta salida del sol.

¿Por qué necesitaba tanto el sexo, por qué lo buscaba tanto, si al final siempre se sentía sucio y desahuciado? ¿Por qué ansiaba tanto el amor, si siempre terminaba igual, con dolor, con hastío y sin esperanzas? Era simplemente algo que no podía evitar, lo que le daba un vago sentido a su existencia, su manera de encontrar a Dios. Aunque, cada vez que parecía encontrarlo, luego se le revelaba la verdad más tremebunda: lo inasible de Dios, lo inalcanzable de Dios. Lo que a veces creía encontrar, lo que tomaba por ese numen ansiado, no era otra cosa que un demiurgo, un *daimon*, o incluso un homúnculo fugaz y mentiroso.

Pero él quería encontrar a Dios, insistía en encontrarlo, necesitaba no sólo su existencia, sino especialmente su presencia, su expresión directa e inmediata. Pero Dios le resultaba tan ubicuo como esquivo. Si bien intuía su numinosidad en todas partes, no podía acercarse a ella, no lograba aprehenderla ni comprenderla. Quizá porque no era digno.

Y sentía que Dios se burlaba de él, sentía que lo había abandonado. «*Elí, elí, lamma sabakhthaní*», gritaba en su interior. Y en su interior se compadecía y se lamentaba, y se veía a sí mismo como Job, cubierto de pústulas, no desigual al polvo.

En la facultad sentía cada vez más el tedio y la monotonía de una vida sin rumbo. Sus alumnas ya no lo motivaban, ellas que siempre habían despertado en él la lubricidad natural en respuesta a galanteos núbiles de veinte años, entre otras cosas porque eran juegos de seducción sin consecuencia, sin cumplimiento, en tanto le estaban vedados por ley y por costumbre. Nikoleta tampoco lo emocionaba ya, apenas si le hablaba cuando se cruzaban, y si bien al hablarse lo hacían con deseo contenido, este no era más que un producto de la inercia y la rutina.

Un día hablaba en clase sobre el proceso de creación, sobre la búsqueda a veces infructuosa de argumentos. Una estudiante, que siempre desde la primera fila le regalaba sonrisas y pestañeos graciosos, titubeó una pregunta que lo hizo salirse de la nube gélida desde la que daba la charla.

—¿Qué podemos hacer, entonces —dijo la chica—, si no tenemos nada de lo que escribir?

Él se puso de pie de un brinco. Los estudiantes lo miraron con cierto temor. Parecía de pronto poseído.

—¡Acércate! —le dijo a la chica.

Ella obedeció con timidez.

—¡Inclínate sobre el escritorio!

Sus órdenes no admitían réplica. La chica hizo lo que él pedía, con ojos aterrados y el corazón palpitante. Él le levantó la falda. Toda la clase quedó boquiabierta, entre la excitación y el pavor. Todos prorrumpieron en exclamaciones cuando él azotó las nalgas turgentes de la chica con la palma de la mano abierta. Fue un golpe seco, que retumbó en el salón de clases.

—Ahora ya tienes algo de lo que escribir —dijo bajándole la falda a la chica y alejándose en dirección a la puerta.

Así que su vida, más que una continua sucesión de pérdidas, era la constante revelación de que no somos dueños de nada, ni siquiera de nosotros mismos. Eso era lo que sacaba en claro al pensar en su historia personal, en las de sus ancestros, en toda la historia de la humanidad. ¿Para qué perseguir el dinero, si este se va con más facilidad que con la que llega? Él nunca perseguía los bienes materiales, aunque los deseaba y le eran bienvenidos, pero no se esforzaba demasiado por tenerlos. ¿Para qué perseguir la fama, si es tan efímera y jamás nos acompaña en la muerte? La fama, la gloria —él lo tenía muy claro— sirven mientras se está vivo, pero al morir todo se diluye, no vale de nada para uno, tan sólo si acaso para los otros, para ser recordado, pero, ¿quién quiere ser recordado *in absentia*? Y, si bien perseguía la fama, no era por ella en sí, sino por lo que ella aporta: el dulce elixir de ser idolatrado, de ser amado y deseado. Pero, ¿para qué perseguir el amor, para qué buscar el deseo, si son tan inconstantes, si nunca nos dejan del todo saciados y siempre queremos más y más y más?

¿Para qué penar por el amor? El padre había sufrido el abandono y el escarnio, por mantenerse firme y fiel, coherente con su propia doctrina, y sólo había resistido las vicisitudes de la fortuna por el amor de una mujer que no lo correspondía. El abuelo había perdido también todo, incluso había estado varias veces a punto de perecer y su sangre perderse para siempre, pero había sobrevivido, y había regresado, como un animal que vuelve siempre al suelo patrio, no para morir, sino con la esperanza de reencontrar un amor infantil que quizá ya no estaría o no merecería tal esfuerzo.

Y él, ¿qué había hecho por amor alguna vez?

En su mente batían las palabras de Job. Un monstruo marino sin consorte le agitaba el pecho. El leviatán era la furia de Dios, el castigo a los impíos, el castigo a la *hybris*, al deseo desmesurado y antinatural. «No tendrás otros dioses delante de mí», decía un mandamiento, pero también podría decir: «no jugarás a ser Dios, ni intentarás ser Dios; porque soy uno solo, el tuyo, el de tu pueblo; grande, celoso, implacable». Y el leviatán era su látigo y su lengua, para recordarle al hombre que es polvo y que al polvo ha de volver.

¿Jugarás tú con él como con pájaro, o lo atarás para tus niñas? ¿Harán de él banquete los compañeros? ¿Partiránlo entre los mercaderes? ¿Cortarás tú con cuchillo su cuero, o con asta de pescadores su cabeza? Pon tu mano sobre él; te acordarás de la batalla y nunca más tornarás…

La voz de Saša temblaba en el teléfono.

—Se trata de Iva. No quiere hablarme. Se ha encerrado en su habitación y no responde.

—Pero, ¿qué ha pasado?

La mujer hizo silencio. Parecía estar a punto de romper a llorar.

—Dejé mi cuaderno afuera y ella lo leyó. Leyó lo que escribí, sobre nosotros…

—¿Sobre nosotros?

—Sobre la noche de mi cumpleaños. Luego comenzó a hacerme preguntas. Yo no pude negarlo.

Ahora le tocó el turno a él de hacer silencio. Pensó que bien podría no hacer nada, quedarse a salvo en la distancia. Era lo que siempre hacía: huir. Más ya había perdido.

—Voy enseguida —fue lo único que se le ocurrió.

¿Quién descubrirá la delantera de su vestidura? ¿Quién se llegará a él con freno doble? ¿Quién abrirá las puertas de su rostro? Los órdenes de sus dientes espantan…

Saša abrió la puerta. Su rostro era sombrío. Él fue directo hasta la habitación de Iva.

La gloria de su vestido son escudos fuertes, cerrados entre sí estrechamente…

Golpeó a la puerta. Adentro no contestó nadie. Golpeó más fuerte. Silencio.

El uno se junta con el otro, que viento no entra entre ellos…

Pegó la oreja a la puerta. Del otro lado se sentía una respiración.
—¡Abre, Iva! ¡Vamos a hablar!

Pegado está el uno con el otro, están trabados entre sí, que no se pueden apartar…

La puerta se abrió. Iva estaba vestida y había apilado sus cosas en una maleta.
—¿Qué tienes qué decir?
Él se quedó mudo, viendo otra vez sus ojos negros, su belleza morena, la armónica violencia de su porte. Ella era todo lo que él había deseado, todo lo que alguna vez había querido poseer.
—¿Te vas?
—Me voy. ¿Eso es todo?
La fiereza croata a flor de piel. Intentó cerrar de golpe la puerta, pero él la trabó con el pie. Sintió el dolor punzante en el metatarso. A ella no le importaba nada.
—¡Apártate!

De su boca salen hachas de fuego; centellas de fuego proceden…

El terror se adueñó de sus miembros. Retiró el pie y ella cerró de un portazo.

Su corazón es firme como una piedra, y firme como la muela de abajo…

Se apartó cabizbajo, vencido. Saša se había refugiado en la terraza. Se sentaron juntos, fumando en silencio. Él miró el paisaje inmutable.

El hierro estima por paja, y el acero por leño podrido. Saeta no le hace huir; las piedras de honda se le tornan aristas. Tiene toda arma por hojarasca, y del blandir de la pica se burla...

Entonces vio salir a Iva, a través de la puerta de vidrio. Cargaba la maleta como a un animal rumbo al matadero. Él fue hasta ella y la agarró por el hombro. Ella se soltó con furia. Él se dejó vejar con la mirada, y sus ojos pedían perdón por cualquier cosa. Iva lo miró durante unos segundos, quizá esperaba que él dijera algo, pero él no se atrevió, no pudo decir nada. Ella apretó el puño, se dio la vuelta y se alejó dando un portazo tras de sí.

Tras un minuto de no saber qué hacer, él bajó también las escaleras, corriendo. En la calle Iva ya había caminado unos metros, e intentaba hacerle señas a un taxi. Él corrió hasta ella y la chica simuló no verlo. Su desprecio se trasparentaba en la expresión.

—Iva, por favor —le dijo. Ella hacía como que no lo escuchaba—, no te marches. Yo no regresaré jamás, lo juro.

De repente sus palabras captaron la atención de la chica, que lo miró como a un montón de vísceras abandonadas en el fango.

—Saša no tiene la culpa de nada. Fui yo el culpable, no pude contenerme.

Ella temblaba de rabia.

—¿Eso es todo lo que tienes que decir?

Él hubiera querido decirle entonces que era ella lo que más le importaba, que era ella su amor, lo que siempre había querido. Que si lo había hecho con Saša había sido pensando en ella, deseando que hubiera sido ella, aunque no fuera cierto. Pero no dijo nada de esto, por más que las palabras se le agolparon en la garganta.

—Saša te ama —le dijo, sin embargo—. Ustedes deben estar juntas. Lo demás fue un accidente. Yo lo he entendido, y voy a desaparecer.

Nunca supo después por qué intentó crucificarse a sí mismo de ese modo, cuando en verdad lo que hubiera querido era decirle todo lo que sentía. No era el momento, pero quizá no tendría jamás otra oportunidad de decírselo todo cara a cara.

–¿Saša? Saša tiene tanta culpa como tú –dijo ella mordiendo las palabras–. Deberías leer lo que escribió. Dijo que contigo se sintió mujer por vez primera –la voz le temblaba. Él pensó en abrazarla, pero ella expedía un aura infranqueable–. Y tú, ¡tú! Viniste aquí y te abrimos las puertas… ¡y a mis espaldas lo hiciste con ella! Luego te las arreglaste para hacerlo también conmigo, y nos tuviste a las dos a tu antojo…

Algo en el cristalino le intentaba llorar, pero la rabia frenaba cualquier otra emoción. Él bajó la cabeza, esperando el cuchillo. Pero ella no asestó la puñalada. En lugar de eso volvió a darle la espalda y se alejó. Él dudó en seguirla. El odio contenido era demasiado fuerte, ella casi lo escupe, casi lo incinera con su vómito de fuego. Regresó al apartamento. Saša fumaba compulsivamente, todavía sentada en la terraza. Él encendió otro cigarro y se sentó al lado de la mujer. El cigarro le temblaba en la mano, y su garganta se había quedado seca de palabras. En el aire aún se sentía la estela dejada por un monstruo marino.

No hay sobre la tierra su semejante, hecho para nada temer. Menosprecia toda cosa alta: es rey sobre todos los soberbios…

LUCES SOBRE LAS RUINAS

Había nacido en un país inexistente, un país borrado del mapa por sus propios habitantes. La extensión más o menos vasta de tierra donde alguna vez había estado su casa, ahora era una plétora de estados rencorosos que dificultaba el camino de vuelta, que en cada intersección lo detenía a solicitarle documentos. Era como estar relegado a las habitaciones del fondo, sin acceso libre a la cocina o a la terraza. El que alguna vez había sido su hogar, ahora era un hogar dividido.

¿No lo había sido siempre? ¿No había sido en verdad un país de fantasía, un *collage* con los bordes pegados torpemente? Pero, ¿no son precisamente eso las naciones, *collages* que alguien inventa y luego impone, con aglutinantes tan ridículos como pueden serlo una bandera o un himno? Su país inexistente había sido un engendro, un *golem* fabricado a partir de miembros muertos, al igual que el resto de los países, existentes e inexistentes.

Y el artífice, el amo de ese *golem* había sido un croata con nombre de emperador romano. Es cierto que antes de Tito ya se había gestado un reino con los mismos componentes, e igual de ficticio e irrealizable, que había durado veintitrés años. Pero Tito había logrado sostenerlo por más tiempo, casi para siempre; lo había convertido en su pequeño imperio. Y ese pequeño imperio lo había sobrevivido por doce años. El mariscal había sabido unificar a un pueblo con demasiadas rencillas internas, deslumbrando a la plebe y manteniendo a raya a los cuestores.

Resultaba curioso pensar que esa misma extensión de tierra había estado, casi dos mil años antes, bajo el control de otro Tito: el que más tarde sería el primer emperador romano de la dinastía Flavia, Tito Flavio Vespasiano. Este también se había destacado por aplastar la rebelión judía en Palestina, y por quedar como único candidato a la cabeza del imperio tras el «año de los cuatro emperadores». Su hijo y heredero, también llamado Tito, se encargó del sitio y la toma de Jerusalén, que significó el saqueo y la destrucción del templo, la muerte de más de un millón de judíos y la diáspora forzada de muchos otros.

Él a veces gustaba de imaginar el comienzo de su exilio personal en este punto, con la caída de Jerusalén a manos de Tito Flavio Vespasiano segundo. Y, por azares de la vida, este exilio y su consiguiente deambular habían llevado a su familia primero a España y luego a los Balcanes, donde terminarían habitando un estado fundado y mantenido por otro Tito, el mariscal Josip Broz. Aún más coincidente resultaba que uno de sus antepasados hubiera peleado en la misma Sefarad de sus ancestros junto al mariscal, durante la Guerra Civil Española. La historia cumplía así su sino de ser una serpiente que se muerde su propio extremo.

Todos estos personajes, tanto los emperadores como el mariscal, se mezclaban en su imaginación en la figura de otro personaje homónimo: el Tito Andrónico del drama de William Shakespeare. Este general romano, vencedor de los godos, había terminado su trágica existencia después de haber perdido a casi todos sus propios hijos, y cocinado y servido en su mesa a los de la emperatriz, la goda Tamora. La estela de sangre que rodeaba la tragedia, manada de los cuerpos de hijos sacrificados, mutilados y deglutidos, no podía hacer menos que recordarle la historia de su propio país irreal, llena de venganzas, fratricidios y rencores. ¿Qué podría salvar, entonces, la suerte de un país imaginario de anegarse en la sangre de sus propios vástagos? ¿Había sido el amor, alguna vez, salvación suficiente?

La lectura era en la facultad de filosofía de la universidad. El automóvil los dejó cerca de un arco de concreto bajo el cual una tabla indicaba las direcciones dentro del campus. Los viejos edificios grises reflejaban la luz blanca, y el aire de la noche era un anticipo del invierno. Caminaron desde allí hasta el teatro, la sala estaba llena de estudiantes de lengua y literatura eslava. Una joven que le recordó a Nikoleta lo guió hasta la mesa ubicada en el escenario. Ya conocía el protocolo. Los nervios no lo hacían sudar esta vez, y sólo se dejaba llevar como un cuerpo de madera a la deriva.

Miró al público. Desde la primera fila, una joven de ojos verdes se lo comía con la vista. Se concentró en esos ojos y comenzó a leer. Mientras más avanzaba en su narración, más se acrecentaba el fuego de los ojos verdes, como si sus palabras alimentaran esa hoguera. Él leía sólo para ella. El papel impreso, las palabras combustibles, el fuego verde, nada más existía.

Terminó de leer y levantó la vista. El aplauso. Luego la gente hizo fila para comprar el libro, y fueron pasando de uno en uno por la mesa para que él los firmara. Llenó las hojas con hastío. Todo se repetía, era un gesto maquinal. Entonces una voz joven lo sacó de su rutina.

—Para Vjera, por favor.

Él levantó la vista. Ahí estaban otra vez los ojos, el fuego esmeralda. Escribió casi una carta de amor en la primera hoja.

—Ellos vienen conmigo —dijo Vjera señalando a otros tres, dos chicos y una chica.

—Para Lazar —dijo el primero.

—Marko.

—Zora.

Los miró esbozando una sonrisa. Parecían los cuatro elementos, las cuatro estaciones, los cuatro evangelistas. Firmó uno a uno los ejemplares y los entregó con un gesto jovial.

—¿Qué hace luego? —preguntó Vjera—. Queríamos invitarlo a ir con nosotros.

—¿A dónde? —se le iluminó el rostro.

—De parranda. ¡Por toda la ciudad! —exclamó el que respondía al nombre de Lazar.

Se había acostumbrado, muy a su pesar, a que la vida no era otra cosa que una sucesión de pérdidas. La pérdida de seres y objetos queridos, la pérdida de la inocencia, de la juventud, de la memoria. Incluso había pérdidas mayores y pérdidas menores, pero la magnitud y la definición de estas era cambiante, según el ánimo se inclinase y el paso del tiempo acrecentara o disminuyera el recuerdo de lo perdido. A veces esto era simplemente un libro, como aquel muy raro, de un autor judío austriaco que hablaba de una especie de sinfonía de las ratas en Viena; el libro había desaparecido un buen día, y él había achacado tal desaparición a las artes de Miroslava —especialista en pérdidas—. Lo peor no era la ausencia del libro, que de algún modo le era caro, sino que no lograba de ninguna manera recordar el título ni el nombre de su autor, lo que hacía imposible recuperarlo entre los libreros. Lo mismo le sucedía con aquella chica que había conocido siendo niño, por la que había sangrado al caer de los escombros del patio: su nombre —y hasta el de su familia— se le había borrado del recuerdo tal como lo hicieran paulatinamente sus rasgos, el color exacto de sus ojos y su pelo, o el timbre preciso de su voz.

¿Cómo podría buscar algo de lo que ignoraba, por olvido, sus características distintivas? No sólo sería como intentar hallar una aguja en un montón de paja, sino que el desconocimiento absoluto de esas mismas características le sembraba la duda, pudiera suceder que lo perdido no hubiese existido jamás, y que todo fuera un equívoco, una jugarreta cruel de la memoria deficiente. Por tanto, era mejor resignarse ante la pérdida, volver los ojos a otra parte y abandonar cualquier búsqueda, que siempre resultaría infructuosa.

Ya casi no tenía nada nuevo que perder. No tenía apenas relación con su familia, luego de que la decadencia del padre hubiera dividido el hogar. No le quedaban amigos, de los pocos que había hecho alguna vez, de tanto descuidarlos persiguiendo su propia realización. Se había distanciado de Miroslava, a pesar de que ella se mantenía físicamente cercana. Los bienes que habían acumulado juntos –en su mayor parte libros y objetos de escaso valor– los había ido perdiendo, regalando o simplemente tirando a la basura sin que ella lo notara. Su vida, su tiempo, los sentía pasar y alejarse mientras él buscaba algo que ignoraba, una suerte de satisfacción mitad carnal mitad espiritual a la que no sabía ponerle nombre ni contornos. Los únicos sitios en los que había sido feliz, el país de su infancia y el apartamento de Iva y Saša, los que una vez fueran remanso y esperanza, ahora le estaban vedados quizá para siempre.

La imagen del último día en aquel apartamento se le aferraba a las pupilas, le torturaba el sueño y la vigilia. Tras la partida de Iva, él había vuelto junto a Saša, que fumaba compulsivamente en la terraza. La mujer había preparado té y se había servido una taza, grotesca por lo enorme. Él también se sirvió de la infusión, en una taza modesta. Se sentó en la terraza junto a Saša, sin poder apartar los ojos de la taza inmensa. El tazón era igual que la mujer, más alto que ancho, basto, torpemente acabado –ahora la veía–, como una emperatriz goda despojada de sus pieles. Y ella, la mujer, bebía del tazón con el mismo ánimo derrotado con que la emperatriz goda contemplaba la carne de sus hijos desollados, luego de saberlos en el plato. Él se sintió igual de acabado, como Tito Andrónico en el clímax de su tragedia, sólo que su felonía no había nacido de la venganza, sino que había sido el destino quien los había conducido a ese final. Se sentía culpable sin siquiera conocer la causa de su culpa. Bebió el té humeante. Quería quemarse las entrañas, expiar lo que fuera preciso. La infusión le sentaba bien, como si el fuego consumiera poco a poco la carne y con ella los pecados.

Entonces, en un acto incomprensible de Dios, había comenzado a lloviznar. Las gotas de lluvia fueron diluyendo el contenido de su taza, enfriando la infusión y apagando la hoguera en la que ardían sus recuerdos.

Se sentaron junto al río, cerca de la catedral católica. Llevaban varias botellas de slivovitz y bacalao salado. Lazar, el que parecía el líder del grupo, repartía el pescado y rellenaba los vasos. Marko y Zora estaban sentados juntos, de un lado, mirando al agua. Vjera estaba junto a él, y no dejaba de mirarlo. El verde ígneo reflejaba las luces de la calle.

—A ver, dinos una cosa —dijo Lazar sirviéndole el brandy—, ¿cómo se hace para escribir una novela?

—Supongo que se deja de vivir un poco —respondió él tomando el vaso.

—¡Tonterías! —repostó Vjera—. En tu novela hay demasiada vida. Él bebió de un sorbo el contenido del vidrio.

—Sí, la que he puesto a un lado.

El grupo lo miró incrédulo. Él ofreció su vaso para que Lazar lo sirviera.

—¡Tengo que ir al baño! —dijo Vjera, agarrándolo del brazo—. ¿Me acompañas?

Asintió. Se pusieron de pie y se alejaron del grupo. Él preguntó a dónde irían, y ella señaló la catedral. Sorprendido, se dejó llevar, con la sensación de ser cómplice de una pequeña maldad. La iglesia estaba abierta y los fieles, en su mayor parte ancianas, ocupaban algunos bancos. Él se detuvo en la entrada. Una fuerza le impedía atravesar el arco, como si el suelo consagrado repeliera su presencia.

–¿Qué sucede? –preguntó Vjera.

–Nada.

Cerró los ojos y atravesó el umbral. El cuerpo, cargado de brandy, no era casi suyo. La chica lo tomó de la mano y se escurrieron por un pasillo lateral. La puerta abierta del patio interior, allá la sacristía, aquí el pasillo y una pequeña escalera que conducía al baño. Él también tenía que orinar. Ella, en la puerta, le dio un beso.

Recordó la canción que aquella vez canturreaba la abuela en la cocina, cuando la discusión de su padre y su tío. Había aprendido la letra de memoria, aunque no comprendía todas las palabras. La melodía retumbaba en sus oídos. Casi sin darse cuenta comenzó a cantarla.

Ija mía mi kerida, amán,
No te eshes a la mar,
Ke la mar sta en fortuna
Mira ke te va yevar.

Ke me yeve y ke me traiga, amán,
Siete pikos de ondor,
Ke m'engluta pexe prieto
Para salvar del amor.

Quizá todo se trataba de eso: dejarse hundir en el fondo del mar, ser digerido por un pez, como Jonás, «*para salvar del amor*», para librarse de las pasiones, de la vida y del mundo. Dejarse llevar era la única salvación posible. El pulso le temblaba mientras el corazón no paraba de pujar en su interior. El brandy lo eximía de reprimir sus impulsos y su alma se veía suelta de amarras. El cuerpo se dejaba llevar por una fuerza externa e inefable, sintió una pulsión que casi lo obligaba a ponerse de rodillas. Una voz en su interior quería gritar: «¡Dios, este es tu siervo!».

Vjera puso el pestillo a la puerta. Había un urinario, una taza y un lavamanos. Ella entró al excusado mientras él se desahogaba sobre el recipiente de loza blanca. El ruido del chorro contra la loza. Rieron. Vjera salió del excusado y lo agarró por detrás.

—¿Quieres que te ayude?

Él interrumpió el chorro y se volvió para besarla. Los labios de ella ardían de fiebre, carnosos y húmedos. La estrechó contra sí. Ella vibraba al contacto. Palpó la carne de sus senos, de sus nalgas, de su entrepierna. Ella se aferró al cuerpo de él, luego descendió y le abrió la bragueta. El verbo hecho carne surgió de la sombra y se perdió en el túnel de su boca. Lo sintió acunado en saliva, como un pez mojado que salta río arriba. Ella jugaba con el pez, lo domaba, lo soltaba y lo volvía a atrapar. Después se puso de pie, de frente a la pared, de espaldas a él. Subió la falda. Él se pegó a ella, el pez atravesó sus piernas. Apartó las bragas y recorrió su concha como un peregrino. El pez entró en la concha y la hizo su residencia húmeda y profunda.

Tocaron a la puerta. «¡Ocupado!», gritó él y continuó el oleaje, el pez siguió caminando sobre las aguas. De repente el pestillo se movió. La puerta se abrió y apenas les dio tiempo a apartarse y a ocultar la vergüenza. Un monaguillo de cara angelical entró sorprendido. Ellos bajaron la cabeza y escaparon del lugar como si una espada de fuego los persiguiera de cerca.

Afuera de la catedral volvieron a besarse. Él la apretó contra el muro. Ella lo miraba, la hoguera esmeralda. Él se hundía en ella y ascendía por la cruz de sus piernas, se elevaba por encima de las torres. La noche era una procesión de luces y campanas. Corrieron de la mano y regresaron a la orilla del río.

Lazar estaba tirado sobre el muro, con los ojos cerrados. Marko y Zora miraban al río en silencio. En las manos de Lazar la botella vacía.

—¡Vamos, vamos! —le gritó Vjera.

El chico musitó algo incomprensible. Vjera le dio una palmada en el cachete. Lazar abrió los ojos.

—¡Vamos, levántate! ¡Vámonos de aquí! —Vjera regresaba con ímpetu renovado.

—¿A dónde? —dijo Lazar irguiéndose sobre el muro.

—A las colinas.

Dejaron la botella vacía sobre el muro. Fueron corriendo por las calles oscuras y silenciosas, las luces eran un baile de fuego entre escombros malolientes. Él se detuvo en una licorería y salió con dos nuevas botellas de slivovitz. Bebieron directamente de una, pasándola de mano en mano. En el aire había música de maderas al viento, el aire del otoño danzaba entre las piedras. Fueron subiendo por las calles de la ciudad vieja como una banda de músicos ambulantes. El viento los acompañaba, como un coro de gajdas que se eleva desde el prado. Vjera se aferró de su brazo.

—¿Qué era eso que cantabas?

Él la miró sorprendido.

—En el lavabo… una melodía triste…

—Ah, ¿eso? —no tenía conciencia de haber cantado en voz alta—. Es sólo una canción sefardita que aprendí de mi abuela.

—Eres judío, ¿no es cierto?

—Tú lo has dicho.

—Puedo escribir tu nombre en hebreo.

—No, no podrías.

Llegaron a la falda de la colina. Las lápidas del cementerio de los mártires eran fuegos blancos sobre la hierba negra. Los nombres en la piedra eran un concierto de credos y de razas. Había nombres serbios, croatas, bosnios, hebreos, católicos, ortodoxos, musulmanes. Él se detuvo entre las estelas que refulgían con una luz pálida. La colina se alzaba sobre la ciudad, sobre la ruina de la ciudad y sobre la ciudad que cubría sus ruinas. Las lápidas eran un grito sobre el monte, un grito que ningún silencio podría acallar.

Vjera se acercó. Estaban lejos de los otros, ocultos por las piedras. La chica lo empujó y él se dejó caer sobre la hierba. Ella se sentó a horcajadas sobre sus piernas, con cierto trabajo zafó la bragueta una vez más. La carne endurecida se perdió en el interior húmedo de la chica. Luego él la agarró con fuerza y la puso boca abajo, apartó sus piernas y con los dedos agrandó el túnel prohibido antes de penetrarla. Ella gimió mientras el asta era clavada y atravesaba uno a uno los círculos del infierno. Sus manos aferraron unos pobres manojos de hierba. La tierra crujió a su alrededor.

—¡Soy el rey de los judíos! —clamó él sobre la colina.

Los otros aplaudieron riendo. Las botellas volvieron a rodar de mano en mano, de garganta en garganta. Vjera lo besó, un beso largo en el que el brandy y la saliva se daban abrazo. Marko aplaudió y besó a Zora. Lazar los besó a todos, de uno en uno. Él se desabotonó la camisa y mostró su pecho pálido a la noche. Marko sacó un plumón de la bolsa y escribió «El rey de los judíos» sobre su pecho, en caracteres cirílicos. Luego Lazar tomó el plumón y escribió lo mismo en dialecto croata, con caracteres latinos.

—¿De verdad crees que no podría escribir tu nombre? —le dijo Vjera.

La chica agarró el plumón. Sobre el pecho blanco repitió el letrero en caracteres hebreos.

GLORIA PATRI

–¡Buenos días!

Despertó. La luz del sol lo inundaba todo. Un rostro a contraluz se asomaba sobre él, con ojos verdes de fuego contenido.

–¡Buenos días! –respondió él.

Estaba acostado sobre la hierba. A su alrededor las lápidas sólo eran piedras blancas en medio de una ladera verde. Se incorporó y notó que aún tenía la camisa abierta. En el pecho, una oración se repetía en tres versiones, la tinta se iba borrando mientras el brandy se evaporaba por los poros. Vjera le acarició el pecho. Él recostó su cabeza en el regazo de ella.

Lazar se puso de pie y se acercó a ellos. Se arrodilló ante él y le puso la mano sobre el pelo. Aún quedaba una botella de slivovitz. El chico la buscó entre las bolsas y le ofreció un vaso.

–¡Tenga! ¡El desayuno!

Él abrió los ojos y levantó la cabeza. Tomó el vaso y lo vació de un sorbo. Marko y Zora se levantaron y acudieron al llamado del alcohol. La mañana era clara. El invierno aún estaba lejos y el cielo lucía un azul brillante y tibio. Desde la colina se veía toda la ciudad, allá lejos el río. Los cinco camaradas se sentaron en corro y se pasaron la botella de boca en boca. Marko sacó de su bolsa unos restos de pan. Él tomó un trozo que le ofrecía el chico, lo partió en dos y dio una mitad a Vjera. Marko repartió el resto. Comieron el pan y lo bajaron con tragos de brandy.

Las campanas de una iglesia sobre la colina rompieron la calma. El grupo vio una procesión de mujeres y niños avanzar hacia el viejo edificio. Un cura en la entrada recibía a los que iban pasando al recinto. Él se miró el pecho abierto y con un gesto presuroso se abotonó la camisa. Los otros guardaron la botella. Vjera los miró, con ojos suplicantes.

—¿Vamos?

El grupo se quedó pensativo. Ella se levantó decidida y le tendió la mano. Él la miró, estrechó su mano y también se puso de pie.

Recordó a Miroslava. Con ella sucedía una cosa curiosa, algo que no le había pasado antes con ninguna otra mujer: no importaba cuán odiosa le pudiera resultar por momentos, a causa de sus desvaríos de personalidad, de sus infidelidades o de su tendencia a la angustia y a la tristeza más desesperada; cuando la tocaba, o aun cuando sentía su aliento cerca de él, la carne se le encendía y le vibraba el cuerpo, y esto lo hacía olvidar todo lo otro, al menos por un instante. Con ninguna mujer, antes que con ella, el cuerpo se sentía tan inclinado a bailar, al son de cualquier música, de cualquier compás que sonara en ese momento, o incluso de una melodía inaudible, susurrada en su oído por el roce sutil con la otra carne. Ahora, sin embargo, con Vjera, le sucedía exactamente lo mismo. Y eso que él nunca creyó poder bailar con otra mujer como lo hacía con Miroslava.

Caminó hacia la pequeña iglesia del brazo de la chica. Los otros los siguieron. El cura en la puerta los dejó pasar con una mezcla de sorpresa y alegría. Se sentaron en el último banco, junto a una niña y su madre.

El coro situado junto al altar cantó, y los fieles congregados apoyaron el canto. Él observó a sus cuatro compañeros, Marko y Zora estaban en silencio, pero Lazar y Vjera parecían conocer la canción y se unían a la polifonía concentrada en la sala. Todos se pusieron de pie y el cura avanzó hacia el púlpito, seguido del diácono y los monaguillos que esparcían incienso. La comitiva se inclinó ante el altar, luego hicieron la señal de la cruz. Él miró a su alrededor, todos seguían el mismo gesto, incluso Lazar, Vjera y Marko. El último realizó el movimiento con la derecha. Solamente Zora y él se abstenían de seguir a la masa. La niña de al lado lo miró fijo. Sus ojos eran de un azul profundo, como el cielo otoñal de la mañana. La asamblea cantó el *kyrie*. Todos pidieron al señor que tuviera piedad para con ellos. Él pensó en si pedirlo también lo haría merecedor de tal piedad. El cura y los fieles cantaron el *Gloria*.

> Gloria a Dios en el cielo,
> y en la tierra paz a los hombres que ama el señor.
> Por tu inmensa gloria,
> te alabamos,
> te bendecimos,
> te adoramos,
> te glorificamos,
> te damos gracias,
> Señor Dios, rey celestial, dios padre todopoderoso.

Luego se hizo el silencio. El cura entonó una oración a la que la asamblea respondía con un sonoro *Amén* tras cada línea. Una anciana se puso de pie y desde el púlpito leyó un fragmento del libro de Samuel. Tras la lectura entonó un salmo que él conocía bien, aunque no con esas palabras:

> Ten misericordia de mí, oh Señor, porque me devoraría el hombre: me oprime combatiéndome cada día. Apúranme mis enemigos cada día; porque muchos son los que pelean contra mí, oh Altísimo. En el día que temo, yo en ti confío…

Cuando la anciana calló, todos a coro entonaron *Gloria al padre, al hijo y al espíritu santo...* Después de esto la mujer continuó leyendo otro pasaje de la biblia. Él comenzó a experimentar una sensación extraña, como un hormigueo que le recorría el cuerpo. Miró a Vjera a su lado, ella le devolvió la mirada y entornó los ojos. La chica era de una belleza indescriptible, y en ese entorno semejaba una visión numinosa. La agarró de la mano y la apretó fuerte. La niña a su lado vio el gesto y se alumbró con su sonrisa azul.

El cura se adueñó de la sala y proclamó la lectura del evangelio. La congregación respondió con un *Gloria a ti, Señor.* Las palabras del párroco contaron sobre el hijo que vuelve al padre tras haber escapado de casa. Él pensó en su ciudad. ¿Dónde era su casa? Era sólo un judío errante, sin patria y sin dios. ¿Quién era su dios? ¿Cuál era su patria? El mundo cambiaba continuamente, Dios no era el mismo, la tierra no era la misma. Los hombres habían cambiado y con ellos todo alrededor. Quien una vez fuera su hermano luego fue su enemigo, y más tarde apenas su vecino. ¿Cómo podía amar a su padre, a su madre, a su hermano, a su hermana, a su prójimo, si no sabía quiénes eran estos, dónde vivían, qué se había hecho de sus vidas? Y él, ¿quién era? Era un cuerpo y estaba vivo, o al menos eso había sentido alguna vez. Pero, ¿era esto suficiente? ¿Bastaba con tener un cuerpo y sentirlo vivo? ¿Era él su cuerpo o solamente algo que sentía suyo? ¡Y tantas cosas había sentido suyas alguna vez! ¡Tantas palabras huecas lo habían designado como nombre!

Si mos van a matar a todos, a lo manko vamos a murir avlando muestra lingua. Es la sola koza ke mos keda i no mos la van a tomar

Recordaba esas palabras de haberlas visto en los libros sobre el holocausto. La lengua era el regalo más preciado de dios, y lo último a lo que se aferraba el hombre.

Pero la lengua misma había cambiado. La gente que ahora lo rodeaba se expresaba usando otros términos, otras construcciones. La gente sepultaba el pasado bajo nuevos edificios. Sin embargo, él aún podía ver las ruinas debajo de la nueva ciudad. *El año próximo en Jerusalén*, era una frase que recordaba de su infancia. Pero, ¿dónde era Jerusalén? ¿Era esta Jerusalén de los Balcanes? ¿Existía Jerusalén? ¿Alguna vez habría existido? Y, si él era el rey de los judíos, como rezaban los letreros de su pecho, ¿dónde estaba su reino?

El sacerdote volvió a su sitio. Era, evidentemente, un hombre muy mayor, pero su voz tronaba en la sala, y su figura achacosa se movía con ímpetu. Realmente resultaba un milagro que aquel amasijo de huesos y músculos aparentemente vencidos se moviese con la energía que lo hacía.

—En días como hoy —comenzó diciendo— no puedo evitar acordarme de mi padre. Él era un hombre bueno, nacido en esta ciudad, la que defendió varias veces cuando a ello se vio expuesto.

Vjera le apretó la mano con fuerza. Con un movimiento sutil acercó la cabeza a su hombro y lo rozó imperceptiblemente.

—Mucha pena le hubiera causado ver —continuaba el cura— como los hijos de esta ciudad, sus hermanos, se peleaban por causas que los hombres de buena voluntad no comprenden. No vivió para verlo, como lo vimos algunos de nosotros hace años ya, pero lo intuía y en los años negros de la Gran Guerra esas diferencias lo hicieron miserable.

La voz del sacerdote era un eco entre las piedras. Miró al anciano, con su túnica blanca y su estola púrpura. Vio en él un poder antiguo, consagrado, inevitable. Toda la congregación escuchaba sus palabras en silencio. Incluso Marko y Zora, que por momentos conversaban en voz baja, ahora callaban y miraban al cura con los ojos fijos en los movimientos de su boca.

—Pero ahora, ¡qué feliz habría sido de estar aquí, entre nosotros! —el trueno ahora era una brisa de lluvia calma, tras el torbellino de dolor en su garganta—. Oremos, pues, hermanos y hermanas, hijos e hijas, porque el Señor en su misericordia nos conceda siempre momentos como este.

Los fieles se reclinaron sobre los bancos delanteros, hincando las rodillas sobre una tabla acolchonada. Él también se arrodilló, sin saber qué tocaba ahora más que imitar a los otros. La niña de al lado lo miro y con un gesto le indicó que uniera las manos. Los ojos azules eran el acompañamiento del trueno, el cielo límpido que sucede a la tormenta. Él se dejó guiar. La niña lo miró con una sonrisa aprobatoria. Del otro lado Vjera también sonrió y dibujó un beso en el aire con sus labios.

La gente se fue sumando a la fila para recibir el cuerpo de Cristo. La niña se levantó de la mano de su madre, y mientras se alejaba lo miró expectante. Él no supo qué hacer. Se volvió para observar a sus compañeros y ninguno hacía ademán de acudir a la ofrenda. Una tensión de músculos lo hizo ponerse de pie y colocarse en fila tras la pequeña. Ella volvió a sonreír. El azul le inundó la mirada. Un terror venial le recorrió la carne. Un judío sin sacramento, impenitente, que justo la noche anterior había violado la santidad de un templo, ¿podía recibir la carne de Dios? Se volvió para mirar a Vjera, que le daba ánimos con su sus ojos verdes. Él había violado ese templo, el de la carne. ¿O lo había consagrado? ¿Era ella su fe y su sacramento? Se arrodilló ante el cura, imitando a los otros, abrió la boca y recibió en su lengua el pedazo de pan ácimo y el milagro.

Recordó a su padre, el pobre hombre venido a menos, destrozado por la sociedad, por su sangre, por su pasado: «Padre mío, ¿por qué me has abandonado?».

¿Era acaso preferible esa vida: ser eclipsado por una mujer y luego abandonado por ella, como hiciera la madre con su padre?

Recordó a su madre, quizá la primera mujer que lo hizo sufrir: «Madre, ¡perdóname! He aquí a tu hijo».

Luego vino a su mente el recuerdo de Miroslava. ¿Por qué había llorado tanto por aquella mujer? ¿Realmente lo merecía? Había llorado por ella hasta quedarse sin lágrimas. ¿Era por su culpa que había dejado de sentir? La última vez que había hablado con ella, Miroslava le había confesado otras traiciones, desconocidas, algunas de las cuales él había imaginado, otras insospechadas. Pero en ese momento no había sentido ningún dolor. Ya todo había pasado, ya todo había muerto. Él también había confesado sus culpas, y ella se había quedado conmovida por la confesión. ¿Acaso a ella aún le importaba, después de todo lo que se habían hecho mutuamente? Sin embargo, Miroslava había sido tal vez su último gran amor, la última mujer verdadera de su vida. ¿Qué habían sido entonces todas las otras? En cada una había buscado algo que nunca encontró. Todas tenían valor, por sí mismas, pero ninguna era Miroslava, ninguna era capaz de provocarle el mismo dolor. Porque todo el dolor posible ya le había sido causado por ella. ¿Por qué? ¿Había sido la traición? La traición no había sido más que un clavo en la cruz, un pedazo insignificante de hierro, si bien uno muy oxidado que, en la llaga, se le había enquistado, le había podrido la sangre. Había tenido que amputarse el corazón, para no morir de dolor. Sin embargo, no había sido el dolor más profundo. Su vida con Miroslava había sido una procesión del dolor, una cuesta arriba de dolor, un *via crucis*.

«Miroslava, ¡perdóname por el dolor, por todo el dolor padecido por ti!».

En su mente desfilaron Saša, Iva, Nikoleta, mujeres recientes y pasadas. Desfilaron todas como una serpiente infinita.

Pidió perdón a cada una. Sentía que debía hacer las paces consigo mismo, y lo atormentaba la idea de haberlas hecho sufrir.

Pero, ¿no era eso egoísta? Sentirse él mejor, mientras ellas seguían sufriendo. ¿No sería mejor seguir cargando con la culpa, con todas las culpas?

La vida era una cuesta empinada y espinada: un *via crucis*. Sí, era más justo conservar el dolor, un dolor que al parecer había muerto con Miroslava. Pero el dolor seguía allí, intacto. Había sido él quien había huido de ese padecer constante, se había refugiado tras una aparente ausencia de sentimiento que no era otra cosa que un disfraz, una mentira y otra forma, más ruin, de padecer.

Así que pidió perdón, pero eligió conservar el dolor, todo el dolor, llevarlo siempre a cuestas, cuesta arriba.

Miró atrás. Vjera, Lazar, Marko y Zora lo contemplaban como una promesa de renacimiento. Vjera, apenas la conocía, aunque ya había hollado su carne y violado su alma. Quizá tampoco era cierto que Miroslava había sido la única mujer verdadera de su vida. Podía aún resucitar, comenzar de nuevo en una nueva ciudad: la nueva Jerusalén.

Pero, ¡ay, Miroslava! ¡Su vieja Jerusalén!

Si me olvidare de ti, oh Jerusalén, mi diestra sea olvidada.
Mi lengua se pegue a mi paladar, si de ti no me acordare.

Los otros lo esperaban en la puerta. Los miró a los cuatro: cuatro apóstoles, cuatro arcángeles, cuatro jinetes del apocalipsis. Era un grupo perfecto para morir en sus brazos.

Más tarde los cinco volvieron a la calle. Desde la colina se seguía viendo la ciudad tranquila, como si ninguna ley se hubiera roto. Vjera lo abrazaba, con la cabeza recostada sobre su pecho. Zora,

Marko y Lazar también lo aferraban, como si hubieran encontrado al fin a su rey ungido. Él se sintió lleno de paz y de energía, y los guiaba cuesta abajo con la frente alta.

EL PAN DEL CUERPO

La tierra gira, el sol se pone, la carne va volviéndose una piedra arrugada, cada vez más cerca del polvo. Cada segundo, cada célula, cada partícula de luz, sólo tienen el tiempo que les toca, como los puntos de color que la vista ignora cuando ve el lienzo enorme, el paisaje infinito de una ciudad. Incluso los grandes edificios, las grandes obras, los hechos más grandilocuentes, tienen un motivo y un momento, que con el paso del tiempo se tornan escombros y desaparecen y se olvidan. El instante de cada cosa es, pues, su pasión, su sacrificio, su vida eterna.

En su alma tribulaba la suerte de su pueblo:

Junto a los ríos de Babilonia, allí nos sentábamos y aun llorábamos, acordándonos de Sión.

Sobre los sauces en medio de ella colgamos nuestras arpas.

Y los que allí nos habían llevado cautivos nos pedían que cantásemos, y los que nos habían desolado nos pedían alegría, diciendo: «Cantadnos algunos de los himnos de Sión».

¿Cómo cantaremos canción de Adonaí en tierra de extraños?

Esta era una historia repetida. Egipto, Babilonia, Sefarad, Salónica. El viaje continuaba y no parecía tener fin. Pero un viaje que comienza como una búsqueda de la identidad propia puede transformarse en su curso en un viaje al centro de la tierra, en una peregrinación del alma hacia el amor más hondo. Sin embargo, todo viaje es también, irremediablemente, un camino hacia la muerte. Ni siquiera la memoria está a salvo de perecer. Cuando nada queda, ni siquiera permanece el espacio donde algo estuvo. Cuando un cuerpo ocupa el lugar que alguna vez ocupó otro cuerpo, ya las huellas que este dejó se habrán borrado para siempre.

Recordaba una mañana en particular en que se encontraba ocioso, mirando la ventana. Miroslava estaba en cama, presa de la gripe, y él la había cuidado como se cuida una reliquia. Ahora ella dormía, y él junto a la ventana, miraba al cielo gris.

De repente reparó en una abeja que se devanaba junto al vidrio. No parecía una abeja recién salida del colmenar; más bien todo lo contrario: una que no había tenido tiempo de regresar. El insecto se debatía, moribundo, en el borde de la ventana, como si luchase consigo mismo o con un ángel. Él sabía cuándo una abeja estaba condenada. Más de una vez les había ahorrado el sufrimiento –y así también se había salvado a sí mismo y a Miroslava del aguijón– al verlas reptar tras la caída del sol por los rincones, lejos de su hogar.

Sin embargo, esta vez no abrió la ventana, no le dio el golpe de gracia al insecto. ¿Por qué? Nunca lo supo. En la habitación, Miroslava se agitaba en una tos espasmódica. Él la había cuidado con esmero, a pesar de que ya la pasión se había extinguido y apenas quedaba el tedio. Miroslava tosía, hablaba en sueños, deliraba febril, y él, sin inmutarse, miraba a la abeja morir junto al vidrio de la ventana.

Bajaron la colina en silencio, llenos de una calma mística que les impedía incluso pensar en sí mismos. Iban los cinco abrazados, como partes de un animal deforme, un behemot oscuro pero quieto. Podía sentir el corazón de Vjera latir junto a su pecho, como un tambor que marcaba el ritmo de su marcha.

—¿Tienes hambre? —le preguntó acariciando su mejilla.

Ella asintió. Luego él miró a los otros. Los rostros apacibles, sin embargo, exhibían una necesidad del cuerpo inquebrantable.

—Vamos a algún sitio —dijo—. Yo pago la comida.

Marcharon cuesta abajo con el paso redoblado por la promesa de alimento. La calle a esa hora estaba desierta, y sólo a través de las ventanas se escuchaba el trajín de las amas de casa y los niños que gritaban de hambre. La ciudad vieja descendía en silencio. Fueron a dar a un bistró con mesas a la intemperie, justo al lado del río. Él se sentó en el medio, de frente al río. De un lado tenía a Vjera y a Lazar, y del otro le quedaban Zora y Marko.

—Empecemos por algo ligero —comentó él mirando la carta—. Creo que unos pastelillos rellenos de cordero estarán bien para empezar. ¡Y una botella de tinto!

El mesero se acercó a hacer el pedido. Él lo observó con rostro impasible, como de rey antiguo.

—¿Tienen vino de Dalmacia? —le preguntó.

—Tenemos —fue la respuesta.

—¡Entonces tráiganos cuanto antes una botella! Y unos *burek* de cordero, y vasos, si es tan gentil.

El mesero se marchó con la orden. Los chicos se quedaron mirándose mutuamente. El apetito comenzaba a hacer hervir los jugos y las bocas ya les salivaban. Pronto estuvo el vino y les fueron servidos los vasos, que bebieron de a poco para no gastar el hambre. Luego les trajeron los platos, y una fuente de *burek* recién horneados.

—No sólo de salmos vive el hombre —dijo él repartiendo los trozos de pastel.

Los chicos rieron. Él se sintió nuevo después de un bocado y un trago de vino. La ciudad se extendía ante sus ojos, abierta, mansa, partida en dos por el tajo del río. La miró desafiante, «Jerusalén de los Balcanes», patria de nadie y de todos, nueva Jerusalén resurgida de las ruinas. En la distancia divisó el viejo Puente Latino. Un recuerdo agridulce le anidó entre las vértebras.

Vjera, a su lado, no dejaba de alumbrarlo con sus ojos de fuego. Él le devolvió la mirada. Ella era la ciudad, ella era el templo. Ellos dos las colinas, Sión y Moria, el rey y el tabernáculo. La chica ahora tenía cierto aire melancólico. Bajó los ojos y luego sumió la mirada en los edificios del otro lado del río. A él le pareció ver una lágrima corriendo sobre su mejilla. Le apretó la mano con fuerza.

–Tú eres mi ciudad –le dijo.

Un cuerpo puede transmitir su experiencia a otro cuerpo, así como un padre puede transmitir su experiencia al hijo antes de perecer. Y el hijo a su vez puede transmitirla a su hijo y este al suyo y así, de un cuerpo a otro mientras se mantenga la línea de sucesión. Pero si esta línea se quiebra, se pierde o se pervierte, ¿qué será del cuerpo y de su experiencia? Todo el conocimiento se pierde en un mar de lava, que destruye lo que fue y no deja memoria para lo que será. También un cuerpo repite al otro en tanto le resulta conveniente, y toma del otro lo que necesita y lo que entiende. Otras veces los cuerpos, aun hablando el mismo idioma, no ven las mismas verdades, y llaman a un mismo objeto de formas distintas, o se relacionan con este de diversos modos. Cada cual cree así ser portador de su propia ciencia, sin comprender que todo tiene su tiempo y su sazón, y que nunca habrá nada nuevo bajo el sol. Así lo nuevo sustituye a las ruinas, pero lo nuevo no es más que otra ruina creciendo en el tiempo, la ruina sobre la cual otro edificio se levantará cubriendo el horizonte.

El corazón le palpitaba, con un latido fresco, renovado. Había decidido no olvidar y, si bien nunca lo había hecho, tampoco se lo había propuesto de manera consciente.

Si me olvidare de ti, oh Jerusalén, mi diestra sea olvidada.

Mi lengua se pegue a mi paladar, si de ti no me acordare; si no ensalzare a Jerusalén como preferente asunto de mi alegría.

Perdonar todo, sí; pedir perdón por todo, también; pero jamás olvidar. Podía alejarse de aquellos a los que hiciera sufrir, pero nunca iba a abandonarlos. Alejarse significaba, así, una manera de estar siempre cerca. Quedarse entonces valdría lo mismo que alimentar el rencor.

Se llevó la mano al costado, donde el corazón le palpitaba incontenible. Allí estaba concentrado todo el dolor del universo. Sin saber por qué, recordó el final del salmo 137:

Acuérdate, o Adonaí, de los hijos de Edom en el día de Jerusalén; quienes decían: «arrasadla, arrasadla hasta los cimientos».

Hija de Babilonia destruida, bienaventurado el que te diere el pago de lo que tú nos hiciste.

Bienaventurado el que tomará y estrellará tus niños contra las piedras.

En la mesa junto a ellos se sentaron unos hombres. Por su aspecto parecían musulmanes. Pidieron té al mesero y se pusieron a fumar mientras conversaban animadamente. Vjera los miró y le sonrió a uno que miraba a su mesa. Se sirvió un trago de vino y lo alzó como ofrenda antes de llevarlo a los labios. El de la otra mesa frunció el ceño y cambio la vista. Lazar y Marko lo miraron con preocupación.

—Mejor nos vamos —dijo Marko en voz baja.

—¿Por qué? —dijo Vjera indiferente.

—Es mejor no provocar —el rostro de Marko era de creciente angustia.

—Estábamos aquí primero —replicó Vjera.

—No es un problema de quién estuvo primero —intervino Lazar. Le echó una ojeada a la mesa vecina y se volvió donde Marko—. Pero no veo razón para irnos. Aquí cada cual tiene su espacio.

Él se quedó mirando impasible, más allá de los pequeños problemas de los hombres. Vjera le sonrió y le plantó un beso en la boca.

—Dime más cosas como esas.

—¿Como qué?

—Como que soy tu ciudad. ¿Lo decías en serio?

—¿Hay otra manera de decirlo?

La chica volvió a besarlo. Los de la otra mesa comenzaron a murmurar.

—¡Por dios! —estalló Vjera—. ¿En qué siglo viven? ¿No es suficiente todo lo que hemos pasado?

La sostuvo. Ella estaba a punto de lanzarse sobre los vecinos.

—Déjalos que murmuren. Mientras no pasen de ahí…

El grupo de hombres terminó su té. Pagaron y se marcharon. El que había estado mirando se volvió e hizo un gesto de amenaza.

—¿Ves? Ya puedes estar tranquila —la consoló.

Se levantó y caminó hacia el río. Los otros fueron tras él, guardando cierta distancia, como si esperaran que en cualquier momento fuera a obrar un milagro. Incluso Vjera se quedó detrás, contemplándolo a sus espaldas. Él se acercó al agua. La corriente era fuerte y dejaba una estela blanca sobre las piedras de la orilla. La tarde comenzaba a caer, y el cielo azul se iba tiñendo de amarillo rojizo.

Regresó junto al grupo. Besó a Vjera en la frente y le cubrió los hombros con el brazo. Comenzaron a caminar por la calle, bordeando el río. Iban en dirección del Puente Latino.

—Puedes quedarte esta noche conmigo —le dijo, rememorando unas palabras dichas hacía tiempo—. Si quieres.

A Vjera se le encendieron aún más las hogueras verdes.

—¡Claro que quiero!

Ella se acurrucó sobre su pecho. Se quedaron un poco atrás de los otros. Lazar, Marko y Zora guiaban la marcha con pasos cansados. Entonces escucharon una voz a sus espaldas.

—¡Eh, tú! —eran dos hombres. Uno de ellos el que había hecho la señal de amenaza en el bistró.

El grupo se detuvo. Vjera se apretó a él, el cuerpo tenso.

—¡Sí, tú, la infiel! ¡Vas a pagar por insultar al profeta!

El que venía con él no parecía aprobar la situación. Sólo venía acompañando al amigo.

—Yo no he insultado a nadie… —musitó Vjera a media voz.

—¡Insultaste! —gritó el otro— ¡Ofreciste alcohol sabiendo que ayunamos! ¡Impía!

—Vamos, Alija —le dijo el otro—, ¡déjalo! ¡Vámonos!

Lazar, Marko y Zora se acercaron y plantaron cara. El que el otro había llamado Alija miró a Zora con ojos terribles.

—¡Y tú —gritó dirigiéndose a la chica—, tú eres de los nuestros! ¡Pagarás también por andar con infieles!

—¡Son mis amigos! —gritó Zora alzando la cabeza.

El otro hombre sujetó a Alija por el brazo y lo haló en sentido contrario.

—Vamos, ¡ya casi es tiempo de la oración!

Alija se dejó llevar. Los chicos se quedaron un rato mirando a los hombres alejarse. Cuando se sintieron seguros, regresaron sus pies al camino marcado. Vjera recordó la promesa de la noche juntos, y se aferró a su brazo sonriendo. Iban cruzando el río por el Puente Latino. Él besó otra vez la frente de ella. En ese momento escuchó el silbido de la piedra, y el impacto que lo hizo echarse hacia adelante y luego caer sin fuerzas hacia atrás. En la distancia, Alija corría como un perro cobarde.

El grupo se detuvo y rodeó su cuerpo. Vjera lo acunó en sus brazos y sostuvo la cabeza en una mano. La sangre le corrió por los dedos.

—¡Hay que llamar una ambulancia! —dijo Zora con un espasmo.

Lazar marcó el número en su móvil. Mientras, él flotaba inerte en un mar rojo indivisible. Vjera sacó un pañuelo del bolsillo y lo apretó contra la herida. Le besó la frente, los párpados, la boca. Le acarició las sienes, las mejillas. Abrazaba el cuerpo inánime como se abraza el borde del muro cuando se está a punto de caer. Le rezaba bajito una oración sólo para él. Pero el cuerpo no oía. Era una piedra, otra, emparedada en el mar de piedras de la ciudad. La sirena de la ambulancia se escuchó a lo lejos.

No supo cuánto tiempo habría pasado. Quizá sólo unas horas, quizá tres días, quizá mil años. Sintió junto a sí el aroma inconfundible de una mujer joven que se inclinaba sobre el cuerpo de él, yacente.

—¡Buenos días! —dijo ella.

—¡Buenos días! —respondió él entreabriendo los ojos. Frente a sí estaba el rostro de ella, sonriente.

Él terminó de abrir los ojos. La luz inundó la pequeña habitación.

www.ingramcontent.com/pod-product-compliance
Lightning Source LLC
Chambersburg PA
CBHW020025030726
47499CB00007B/2275